ふだん着の寺田寅彦

Torahiko

池内了

Satoru
Ikeuchi

平凡社

Torahiko

はじめに

二〇〇五年に寺田寅彦に関する論稿『寺田寅彦と現代』（みすず書房）を書いて、もう一五年になる。この本では、寅彦の著作を読みながら、彼が提唱した新しい科学、科学・科学者・科学教育観を通して、彼がいかに先見的に科学の未来を見据えていたか、地震など自然災害に関わる科学や技術についての考察を通じて、現代さんざんに言われるようになった「安心・安全」な社会の構築をどのように構想していたか、そして科学と芸術についての試論から、文系・理系の枠を超えて知の世界を楽しむことをどのように身を以て示そうとしたか、をまとめてみた。同時に、私が主張する「等身大の科学」と彼の科学観との間に共通点があることを主張しようとした。現代に寺田寅彦が生きていたら、どのように反応し意見を述べたかを推測して書くことを目的としていたのであった。

それはまた、寅彦の随筆や俳句論などの作品を編纂して、多くの人の面前に提示する私の作業の締めくくりのつもりでもあった。寅彦に関する書物は数多く出版されており、もはや私ごときが付け足すことはないと思い定めたことがある。そのため、暇なときに寅彦の著作を楽しむことはあっても、それ以上深入りしないと決めていたのだ。寅彦を卒業したわけではなく、兜《かぶと》を脱いで神棚に供えることにした、というのが正確だろう。

しかし、最近寅彦の評伝の執筆を頼まれたことが、彼が生きた時代を再度見直す機会となった。この評伝は、彼が物理学でいかなる仕事をしたかを振り返る作業だから、ある程度は機械的に年次を追って、彼が力を傾けた物理学の業績をピックアップして解説を加えるということになった。これまで書かれた寺田寅彦に関する本では、寺田寅彦プロパーの研究家と言うべき作者が多くを占め、寺田ファンの求めもあって、微に入り細を穿《うが》ったものが多く、もはや私なんぞが介入する余地がない。さらに科学史家や同郷の科学者による、寅彦の科学や多彩な趣味や文芸的作品を幅広く渉猟した著作も目につき、余分なことはもう書き尽くされている。そこで、その評伝では、オーソドックスな伝記的な記述に限ることにしたのであった。物理学者が寅彦の仕事をまとまって集大成した本は意外と少ないから、それなりに寅彦の物理学について知るのに役立つのではないかと思ってのことである。

それを書くに当たって、ふと寅彦の個人的な好みや習慣や思い込みなどについてまとめてみたら面白いのではないかと思いついた。まさに「寅彦の私的生活」報告のようなもので、これまで寅彦の知人・友人・弟子・家人たちが回想記などで断片的に触れることはあっても、わざわざまとめて取り上げて書かれたことはほとんどない。寅彦の自分に甘い性格や自己抑制が利かなかった私人としての意外な側面や、寅彦が抱いていた先入観や偏見で保守的な社会人としての側面については、寅彦礼賛の立場からは書きづらいこともあって、意図的に無視したり、甘い採点で見逃したりしてきた点がいくつもある。それらをまとめて書いてみたら、ちょっと型破りな寺田寅彦伝になるのではないかと考えたのだ。むろん、偶像破壊のつもりではなく、これまであまりクローズアップされてこなかった寺田寅彦を炙《あぶ》り出そうというわけだ。そこで『ふだん着の寺田寅彦』という書名を選んだ次第である。

　本書で私が採った方法は、寅彦との私的思い出を開陳している彼の友人・知人・弟子・家人などが書いた追悼文や回想録を中心にして材料集めをし、さらに寅彦自身が個人的な呟《つぶや》きとして書いた日記を読み込み、加えて寅彦が特定の個人に対して自らの率直な思いを開陳した書簡から関連する項目をピックアップするというものである。一部彼の個人的な思いを綴った著作を参照しているが、ほとんどが寅彦の表向きではない表情が読めるものを使った。普段は口にしない本音や思わざる駄弁もあり、それはそれで寅彦の一面であるから、むしろ光を当てた方が人間的な寅彦に遇《あ》えると考え収録した。そんな目で、彼にまつわる文献や彼がそう気にも留めずに書き残した文章に着目したことで、寅彦の意外な姿を発見できたのではないかという思いがある。

以下、第1章は寅彦の甘い物とコーヒー好きについての話題である。寅彦を巡る人々の誰もが、おにぎりに砂糖をまぶして食べるような寅彦の極端な甘い物好きに驚いている。そのエピソードである。第2章は、中学生の頃にタバコの味を覚えて終生止めなかった、寅彦のタバコへの耽溺《たんでき》ぶりをまとめる。死の床に至るまでタバコが手放せなかった寅彦であったのだ。第3章は、日頃怒った顔を一切他人には見せない寅彦なのだが、やはり内面に鬱屈した思いを爆発させたこともある。さて、寅彦はどのような形で癇癪《かんしゃく》を起こしたのであろうか。第4章では、子どもたちの行動に対して実に心配性であった寅彦を振り返る。ところが、寅彦は自分自身のことに関しては実に無頓着で甘く、子どもと自分に対する気配りのダブルスタンダードぶりが顕著であったことをまとめる。以上、第1章〜第4章には、まさに本人はあまり意識することのない「ふだん着の寅彦」の姿を拾い上げている。

第5章では、彼が厄年になったときに大病して二年間を休んだのだが、その間の彼の生き様の変化を、第6章では、五七歳で最期の病床に就いたときまで貫徹した、寅彦の医者嫌いの真相についてまとめる。普段から体が弱く、大病を何度もした彼の半生は病気とのせめぎ合いの歴史であったと言えなくもない。その意味で、第5章、第6章で描いた病気と闘う寅彦の姿こそ、「ふだん着の寅彦」像と言うべきかもしれない。第6章において、寅彦の業病の由来について、私個人の意見を付け加えておいた。

続く第7章では、寅彦が残した日記を通して、彼の戦争と関東大震災に対する見方・考え方を探ってみた。天下国家について大言壮語しない寅彦にとっては戦争の話はタブーであった一方、関東大震災は彼の生き方に対して甚大な影響を与えて、自然災害にどう立ち向かうかを真剣に考える契機となった。最後の第8章では、書簡を通して寅彦の社会現象への視点について検証する。彼は明治人であり、天皇主義者で、家父長制にどっぷりつかり、女性への差別的偏見があり、ナショナリストであった。通常イメージされているリベラリストの寅彦とは異なった顔も持っていたのである。これら第7章、第8章は、寅彦が心中に秘めていた本音を、日記に記された呟きや個人的な友人への語りかけから探ろうとしたもので、これもまた「ふだん着の寅彦」の一面なのである。

これまで神棚に祀っていた、文理双方に卓越した寅彦の厳めしい大判の写真から、アルバムに収められた、数多くのふだん着のスナップ写真に目を移すと、人間味に富み矛盾した言動も辞さなかった寺田寅彦の異なった実像が浮かび上がってくるのではないだろうか。読者も、寅彦ワールドの豊かさを味わっていただければ幸いである。

目次

装幀◉クラフト・エヴィング商會［吉田浩美・吉田篤弘］

・本書で引用した寺田寅彦の「日記」及び「書簡」は、すべて一九九六年から刊行の『寺田寅彦全集』（以下『全集』と引用）から採っている。
・「日記」「書簡」等では、読み易さのため、一部句読点、漢字、平仮名などを現代風に改変している。

第1章

甘い物とコーヒー好きの寅彦

寅彦の日常

まず、寺田寅彦が家族の者とどうつきあっていたのかを見てみよう。

寅彦は、自宅にいる間と自宅を一歩出てからの態度が大きく異なっていたようである。彼は「箱入り息子」と呼ばれたように、幼いころ、家にいてはとても大事にされ、多少の我儘《わがまま》なら押し通せるのが普通であった。というのは、父親が男の子を強く望んでいたのだが、女の子ばかりが三人続けて生まれて男の子になかなか恵まれず、ようやく待望の男の子である寅彦が授かったためである。そのためずいぶん甘やかされて育ったのだ。父利正《としまさ》が四一歳、母亀が三五歳のときの子どもで、早婚が当たり前であった当時では、ずいぶん遅く生まれた子どもと言える。実際、寅彦が生まれたときには、上の姉の駒は一九歳で既に別役《べつやく》家に嫁いでおり、下の姉の幸は当時一四歳（後に伊野部家に嫁した）であった（末の姉の繁は五年前に六歳で夭折していた）。軍人で謹厳な父親は寅彦の誕生に大喜びで、寅彦が望む物は何でも買い与えていたらしい。まさに「箱入り息子」であったのだ。

といっても、寅彦が我儘勝手であったとか、「内弁慶の外すばり」で、家の中では威張り散らすが外では極めておとなしい、というような二重人格的な人物であったわけではない。家の中ではリラックスして弱みも見せるし、外に出ると緊張するためか自然体ではなく硬い態度が多かった。結婚して子どもをもってからの寅彦は、家人とは家を出るまでは優しく接しているが、いったん玄関を出ると背中をシャキッと伸ばして、とっつきにくくなるという具合であったらしい。おそらく、大学の教授であるとか研究所の研究員であるとかの自分の職業的地位を強く意識しており、軽々しい態度は見せられないとの矜持《きょうじ》のようなものがあったのだと思われる。他方、友人と会ったり、教え子や学生に対するときは相手への気遣いを見せ、特別に硬く構えていたわけではない。その意味で、子どもの状態のまま中途半端な大人になったというような人間ではなく、世間知を身に付けた分別ある大人であったと言える。

　ここで話題にするのは、寅彦の特に家庭における生活態度で、いくつかの点で自我（あるいは我儘）を押し通し、家族の者の介入を許さなかった側面があったことである。自分では無理を言っていると知りつつ、またそれが自分の体に悪いとも知っていながら妥協せず、頑固に自己流を貫いたのだ。好きな物をガマンすることができず、自己抑制できなかったのである。その意味では「箱入り息子」の面目躍如で、「我を押し通した」のだ。こう言えばもうおわかりだろうが、甘い物好きとタバコ好きのことである。本章ではまず前者、それに続いてコーヒー好きについて取り上げることにする。

家人の証言

小林勇《いさむ》が編んだ『回想の寺田寅彦』（一九三七年、以下『回想』と略す）は、寅彦に関連するいろんな人にインタビューしてまとめたもので、冒頭に「家庭に於ける寺田寅彦」とした文章が収められている。その前書きに「この一篇は御家族の方の談話を筆記し、その校閲を経たものである」とあり、その内容から判断して、おそらく紳子《しんこ》夫人の談話が採られたものと考えられる。そこには、建て前が通用しない家庭内の寅彦像がよく表されていて非常に面白い。

一九一九年一二月に寅彦は胃潰瘍で吐血して入院するのだが、それ以前から、吐血はしなかったものの血便が出ており、胃の具合もずっと悪かったのである。しかしながら、幼いころからの甘い物好きの性格は変わることなく、『回想』にあるように、「このときの病気以前の甘い物好きと言ったら御話になりません」と家族もあきれていたくらいである。そのころの寺田家は、寅彦の母亀、寅彦夫妻（妻が紳子）、最初の妻夏子の娘の長女貞子、二番目の妻寛子《ゆたこ》との間に設けた長男東一《とういち》、次男正二、次女弥生《やよい》、三女雪子、そしてお手伝いの女性が複数いるという大所帯で、当主の寅彦に倣《なら》って家じゅうが甘い物を好んで食べていたらしい。また、神様にお萩を供えることが多く、そのお萩を「これでもかという程甘くするのですが、寺田はまだ甘さが足りないといって、その上へ砂糖をかけてたべました」と家人が証言しているくらい甘い物に目がなかったのである。

それは昔からのことで、「古いお友達から伺った話ですと、学生時分には机の下へ砂糖の袋を置いて、それを時々つまんでは口にほおばって勉強したり、餅菓子へ砂糖をかけてたべたりしていた」という。また、「亡くなられた木下さんが熊本の黒砂糖を二、三度下さいましたが、それを削って御飯の上へかけてたべるのが大好きでした。お赤飯にも胡麻塩の代りに白砂糖をかけてたべます」という有様であった。尋常な甘さでは満足できなかったのだろう。「もっともこれはお父さんだけでなく、子供達は今でもそうしてたべて居ります」とあるから、家族みんなを甘い物好きに感化させてしまったらしい。

「震災（一九二三年）の時に、二、三回お弁当を持って市内を調べて歩きましたが、その時の握飯の中へは梅干の代りに黒砂糖を入れて、外側にも砂糖をまぶしておきました」そうで、握り飯に塩はわかるが、握り飯に砂糖とは！　とびっくりしてしまう。「また、震災の時には食糧品が欠乏すると困ると思って買い蓄めをしましたが、寺田も買い出しに行って抱え込んで来たのは、角砂糖とか懐中しるこ、ミルクなどでした」という有様で、寅彦にとって欠乏しては困る食料品とは角砂糖や汁粉であったのだ。「こういう調子ですから、宅では砂糖を非常に沢山使いました」と家人もあきれている。「自分でもこんなに甘いものをたべては胃のためによくないとは思ったようですが、どうもやめられないのでしょう」という観測は的中している。

寅彦邸を訪れた客人の感想はすぐ後にまとめるが、「亡くなってから人様のお書きになったものを拝見しますと、応接間で、先生が甘いものをどしどしたべて心配だったなどと書いてございますが、大正八年（一九一九年）の胃潰瘍以後は、あれでも甘いものの量が少くなったのです」と胃の病気で少しは控えるようになったらしいが、完全に自粛したわけではない。「あれでも」という言葉には「他人から見れば減ったように見えないだろうけれど」、というニュアンスが含まれているから、まだずいぶん食べていたことがわかる。家族の者は、「あれは自分でたべないとお客様が手を出しにくいだろうと考えて、自分からたべたのでしょう」とやさしいが、やはり寅彦は甘い物が目の前に並んでいると手を出さずにおられなかったのだろうと想像できる。「その頃は御飯はあまり沢山たべずに、菓子などをよくたべて居りました。腹がへったがと言って菓子をたべるのです」と、やはりお菓子から離れられない寅彦であった。その結果が、「会へなど出て、少し余計にたべて来ると、定《き》まって翌日は下痢をして居りました。胃が悪いだけでなく腸も弱かったのです」というわけで、甘い物好きも原因の一つであっただろう病気の兆候は出ていて、胃と腸双方に病根があることは家族も気づいていたようである。

病気と甘い物好きに関連して、こんな話もある。寅彦は一九一六年（大正五年）になってから時々熱を出して大学の勤務を休んでおり、最初は感冒かと思っていたのだが、そうではないことがわかった。一二月三日の日記に「朝黒色の便通あり、胃の具合も依然悪しき故、尼子医師の診察を受ける。胃潰瘍の疑いあれば安静を要する由なり」と書きつけているからだ。寺田家かかりつけ医であった尼子四郎医師からは、胃出血らしいから「絶対安静を要す」と厳命され、一二月五日、六日はベッドに臥せったままで重湯と牛乳だけにして、七日にようやく粥《かゆ》を許されるという状態であった。そのため、病臥して安静を保つしかなかった。ちょうどそのころ、血を吐いて入院していた夏目漱石が危篤状態に陥り、ついに一二月九日に亡くなったのだが、寅彦は師の臨終に立ち会えず、葬儀に参加することもできなかったほどであった（さらに、一二月四日には東大の恩師である物理学教授の田《た》中舘《なかだて》愛橘《あいきつ》が自転車から落ちて大腿骨を折り、整形外科に入院するという事件が起きている。寅彦は悪いことは続いて起こるとの思いを持ったことだろう）。ところが、幸い便の出血は収まり、翌一七年の年明けからまた忙しく活動する毎日に立ち戻り、胃潰瘍の恐怖はどこ吹く風で、再び甘い物に手を出してしまう寅彦なのであった。

弟子たちの証言

実際、同僚や若手の研究者が研究の相談のために自宅に来たとき、小腹が減らないようにと用意していた甘い物を「先生がどしどしたべて心配だった」と訪問客が証言するほどであった。例えば、岡田武松《たけまつ》（一八七四〜一九五六）は、『寺田寅彦全集 月報』（一九五〇年、以下『月報』と略す）において、「寺田さんが胃が悪いので、お休みになっていると聞いたから、早速東片町の御宅へ御見舞に上った。臥ていても退屈だからと起きてこられ、テーブルを間にして暫らくの間お話した。奥様がお茶を入れて、大きな鉢に煉羊羹を盛って出して下さった。何しろ相手の寺田さんが胃病と云うのだから、遠慮をして頂戴せずにいた。すると胃病の筈の寺田さんが、何と先ず御毒味を始められたのだから驚いた。君そんなに上がっていいのかいと云ったら、何かまわんさ、食べずに死んでもツマらんからなあと云われた」とあきれて書いている。遠慮する岡田が食べやすいよう先に手を出したのかもしれないが、この記述を読めば、寅彦自身の欲求の方が強く、先に手が出てしまったのだろうと想像できる。胃潰瘍で懲りたはずなのに、寅彦は甘い物から卒業できなかったのである。

一九一九年三月下旬になって、研究の仕事が面白くなったといって夜遅くまで机に向かっていたのだが、胃に痛みを感じるようになり、医者に診てもらいながら休まず出勤していた。四月二一日に学校で卒倒しかけて医師の治療を受けたのだが、「今日も心持悪く心細くて死にそうだ」と言いながら学校に出かけている。病身を騙し騙ししながら日を過ごす寅彦であったのだ。

八月二日付の小宮豊隆《こみやとよたか》宛のハガキには、「この間ついでがあったから真鍋さんにからだを見てもらって、それから引き続いて便の検査をしてもらっていますが、潜出血の反応があるのだそうです。それでいよいよ先生に私淑し衣鉢を伝えることになります。五十までだとまだ八年あるから、そう慌てることもないと思っていますがどうでしょう。便の検査で血が出なくなったら、又一日一所にめしを食いましょう」と書いている。忙しさにかまけて病気のことは後回しにしていたのだが、便に潜血が出ている結果を見るに及んで、覚悟しなければならないことをようやく覚《さと》ったらしい。

しかし、その決心も束の間で、八月二六日に信州の松原湖に出かけた折りの紳子夫人宛の絵葉書には、湖水が気持いいと言いながらも、「御馳走はもちろんないし、お菓子も甚だ心細い。今度又来るならドッサリ仕入れてこねばダメだ」と、甘いお菓子が払底したことに対して愚痴をこぼしている。さらに、九月九日の小宮宛のハガキにも、「信州はあんまり不便で、東京のお菓子が食いたくなってじきに帰ってきました」と書いている。寅彦は胃の病気を抱えていながら、甘い物から離れられなかったのである。これでは体が悪くなるのも仕方がない。また便の潜血は腸が悪いことを意味するが、彼はあくまで胃の病気と考えていたようである。

一一月に入って薬をもらいながら学校に出ていたが、ついに一二月五日に大学で吐血して、急遽大学病院に入院した。吐血量は一五〇グラムほどで、三週間の入院を余儀なくされ、ようやく一二月二八日に退院している。寅彦は、こんなことになるかもしれないと覚悟はしていたようで、その原因として彼が書いているのは、①「私の胃の悪くなったのは、一つは歯の不完全（むしろ歯の全滅と申した方が適当）に起因しておるように存じ候」（一九一七年一月一八日付桑《くわ》木《き》彧雄《あやお》宛の手紙）と、②「先年胃をわずらった時に医者から煙草《タバコ》を止《や》めた方がいいと云われた。「煙草も吸わないで生きていたってつまらないから止《よ》さない」と云ったら、「乱暴なことを言う男だ」と云って笑われた。もしあの時に煙草を止めていたら胃の方は確かによくなったかもしれない」と悔やんでいる（「喫煙四十年」一九三四年）。つまり、彼は歯が悪いこととタバコを原因に挙げているのだが、甘い物に目がないことには触れていない。なぜだろうか？ それを書いてしまえば、家族がお菓子など甘い物の面倒を見てくれなくなるかもしれないと恐れたのではないか、と推測されるがいかがだろう。

吐血以後、寅彦は一九二〇年のほぼ一年間学校を休んで静養に努めたのだが、随筆や油絵に手を染める一方、『物理学序説』の執筆を開始し、気象学や地球物理学についても興味を拡げるなど、彼の人生の大きな転機となって充実した後半生を迎えることになった。実際、彼がそれ以後使い続けた「吉村冬彦」というペンネームは、この年の一一月ごろから使い始め、これ以後この名前で数多くの随筆を発表するようになった。弟子の中谷《なかや》宇《う》吉郎《きちろう》が「寺田寅彦の追想」（一九四六年）に書いているように、実は「物理学者としては随筆など書くような不幸な目にはなるだけならば会わない方が良い」のであった。しかし、随筆に手を染めるようになった契機がまさに胃潰瘍で長く休んだことにあったのは、後年、寅彦が中谷に「病気で長く休んでいるということは苦しいもので、あんな随筆でも書いていなくちゃとても生きておれなかったのだ」と言っていることからわかる。照れ隠しもあったのだろう。寅彦は病に臥せる中で、文理融合の真髄を見つけたのかもしれない。事実、小宮豊隆と松根《まつね》東洋城《とうようじょう》との間で「漱石俳句研究会」を開始したのが同年の一二月からで、後に三人による連句の会へと発展していった。俳句・俳諧（連句）という日本独特の短詩の良さに目覚め、文芸の道へも積極的に歩み入ることになったのである。

　病気から回復しても寅彦の甘い物好きは続いた。例えば、室井英夫が『月報』に書いているところでは、一九二三年ごろ、理研の実験室で一休みしてお茶の会をしていたとき、室井らが「クリームチョコレート」を買って食べようとした。それがK先生に見つかって「寺田君の好きなうまそうな物があるな」と言われたという。寅彦の甘い物好きは学校でもよく知られていたのだ。ちょうどそこへ寺田寅彦が入って来て「御自分でも一緒に食べられた」とある。さらには、「それからは時々先生御自身が青木堂の菓子箱をさげて来られたので、私共は紅茶を沸かし、先生のお話を聞きながら皆で頂いたのを思い出すのであるが、このようなお茶の会は先生が亡くなるまで長く続いたのである」と、むしろ甘いお菓子が食べられる好機として寅彦はお茶の会を利用していたのかもしれない。

　このお茶の会が、忙しくなった寅彦に必ず会える日として「面会日」となり、後には正式の「お茶の会」と称して、お茶を飲みながら硬い話や軟らかい話をすることになった。寅彦に用事のある人は、毎週水曜日の午後に学校に来ればよいというわけだ。筒井《つつい》俊正《としまさ》は『月報』に、「ただお茶だけではというので、先生の発案で大学正門前の白十字よりケーキをとることにした。後には黙っていてもこの時刻には白十字から一箱のケーキが届けられるようになった。そこで私達はお茶をのみ、ケーキを御馳走になり、四方山の話をするのであるが、平常は無口の先生もこの時ばかりは御機嫌よく、種々な気焔を上げられていた」と書いている。寅彦にとっては楽しみなひとときであったに違いない。さまざまな物理の話題で薀蓄《うんちく》を傾けることができるし、何より甘いケーキを堂々と食べられるのだから。水曜日午後の「お茶の会」は寅彦の欠かせないスケジュールであったことだろう。

寅彦は終生甘い物から逃れることができなかったのだが、胃に悪いとの思いと甘い物の誘惑を秤にかけながらケーキを口にしていたことも事実である。息子正二の友人の長谷川千秋氏の記憶では（『思想　寺田寅彦追悼号』〔一九三六年、以下『思想』と略す〕）、「先生は甘い物が好物だった。餅菓子などにはなかなかの健啖ぶりを見せた。歯が悪くなったのも胃が悪くなったのも、そのせいだろう」と、周囲の人には寅彦の歯や胃が悪いのは甘い物好きのためであったのだろうと当然ながら見抜かれている。しかし、因果関係を逆と考えることも可能として、「また、胃が悪かったために余計に甘い物を好んだのかもしれない」と、寅彦に同情的な解釈をする向きもあったようだ。「甘い物好き⇓胃が悪い」ではなく、「胃が悪い⇓甘い物好き」とすれば、必ずしも甘い物を食べるのを自粛する必要はないと寅彦に助け舟を出そうとしたわけである。そうすると胃が悪くなると甘い物を欲しがるようになるということだが、本当だろうか。よけい胃が悪くなるだけのような気がするのだが……。

　長谷川氏の観察によると、「先生が餅菓子を食べるところはなかなか奇妙だった。口をすぼめて、餅菓子を吸い切るようにして食べる」からだ。「そのおかしく動く先生の口許を眺めていて、よく頓珍漢の返事をした」と長谷川氏は述懐している。つい口の動きに見とれて、話しの接ぎ穂を忘れてしまうくらい滑稽に見えたのだろう。「これは、きっと入れ歯の具合が悪かったためだろう」と推測しているが、総入れ歯になって、それが口に巧くフィットしていない時、餅菓子のような歯にもくっつくものを食べると、百面相のような顔になる。寅彦はそんなことを気にせず、餅菓子に夢中なのである。むろん、若くて総入れ歯になってしまったのは、過度な甘い物好きのためであったことは言うまでもない。

寅彦の独り言

大病をした次の一年間、胃の調子は良かったり悪かったりで、「胃大いに悪し、夕飯は食わず、ビスケット少しかじる」とお菓子のようなものでごまかす日もあれば、「今日は胃の具合は大変にいい」という日もあり、徐々に回復に向かっていった。弟子の気象学者・藤原咲平《さくへい》が送ってくれた気象のデータと自分の出血表を比べているのは、出血が天候と関係すると考えたのだろうか。「夕食に子ども等にカツレツ、母上に鰻飯を振る舞う。中央公論原稿料のおすそ分けなり」と書いているのは微笑ましい光景なのだが、病気になって、特に食に関することが頭から離れなかったためでもあるらしい。夢の中の話か、現実に遭遇したことなのか判然としないが、彼の一九二〇年八月三一日に書いたと思われる手記（『全集第二十三巻「手帳一」』）に次のような文章がある。

「Nさんに聞いたが、まだ出血があるんですか」と睨めつけるように、子供を叱るように言った。「胃液に？」と追いかけて聞いて、人の眼の中を覗き込んだ、胃液は一度しか採らないと答えたら「フン、それじゃ食物のせいかな……」と言った。

コーヒーとカステラを出した。手を付けるのをみすまして、急に思い出したように「ウン、君それを食っていいんですか」と鋭く突っ込んでくるのであったろう。そういう点で彼は殆ど天才と思われるくらい機敏である。

胃病になっても甘い物を性懲りもなく食べている、そんな自分を強く意識しているのみならず、それを傍から見つめている第三者の視線をも強く感じている、というような文章である。その意味では、寅彦自身、甘い物好きであることの重大さを深刻に受け止めながら、それを止められない自分自身を皮肉な目で見ていたのではないだろうか。

苺とコーヒー

寅彦の有名な短歌に、

Sukina Mono / Itigo Kohi Hana Bijin / Hutokorode site Utyu Kenbutu

好きなもの　苺　コーヒ　花　美人　懐手して宇宙見物　1934.1.2.

があり、苺《いちご》が盛られた水彩画を残している。その絵は、一九三四年の年初めに黒田正夫が寅彦からもらったものだが、その際の苺に関するエピソードを黒田が書き残している（『思想』）。恒例のお茶の会のとき、黒田が「先生は一体何がお好きですか」と聞いたのだ。そのときの寅彦の答えは、「おいしいもの、きれいなもの、何でも面白いものはみんな好きだよ。ことに、苺を見ていると涎がたれそうになるよ」というもので、寅彦は「ニヤニヤしてほんとに涎がたれそうに」見えたとある。寅彦は苺にクリームをかけ、砂糖をまぶして食べるのが大好きであったのだ。

その数日後、黒田は理研に来る途中、きれいな苺が目に入ったのでさっそく買って来た。そして、寺田研究室からお茶碗の皿を借りて苺を盛り、実験機械の箱に入れて、わざと小使いに

「拝借物をお返しします」と言って、寅彦のところに持参させたのである。お皿を借りたお礼という形にして苺の差し入れをしたのだった。黒田の、これ見よがしでも、押しつけでもない、粋なやり方に寅彦は研究室の人たちに「黒田君にやられたよ」と悔しがっていたという。そのお礼として寅彦が黒田に、先のローマ字で書いた短歌と、皿の上に苺を盛った水彩画の色紙を贈ったのであった。またその返礼として、黒田夫婦（黒田正夫、初子）が春になって車で苺とコーヒーを持参し、美人を探して寅彦も一緒に小金井へ花見に連れて行った。重箱の食べ物が並ぶ茣蓙《ござ》の上に、三人の美人たちを前にしていささか緊張気味の寅彦が写っている写真が残っている。この花見の礼状として、寅彦は「不二屋《ママ》で苺とコーヒーを注文したところであります。柱や壁にかけた花瓶には貧弱ながら花も生けてあり、美人の方も全然欠除していないようでありますが、昨年のに比べると甚だしく水準が低いようであります」と黒田に書き送っている。文学好きの寅彦らしく、苺、コーヒー、花、美人を揃って登場させ、なかなかユーモアに富んだ文面である。

　寅彦の生涯最後となった年（一九三五年）の一一月三〇日に、小林勇は病床の寺田寅彦を訪ねている（『思想』）。食事のことを寅彦に聞いたとき、「普段健康の時うまかったものはすっかりいけない。梅干とか野菜などがいいようだ。メロンなども食いあきた」と、味を感じ取る舌の反応が変わってしまったことを告げている。しかし、「今一番待っているのは苺だが、これもこの間から千疋屋など度々たずねさせるがまだ出ない。明日は十二月になるのだから、そうすると屹度出るだろうと思う。そうしたら、いくら高くたって買って貰って食べようと思って、この頃はその事許り考えている」と、苺を待ち遠しく思っていることを訴えている。また「岡山の水蜜桃なども食べたいと思って探して貰ったが、どこにもない」と、甘い果物をも切望していたようだ。

特に、「苺を待っていることを繰り返し言われた。果物の中では一番好きなのが苺だ。あの色と香と味が第一だと言われた」と小林が繰り返し「言われた」と書いているように、寅彦は苺が欲しいとうわ言のように言っていたのだろう。小林は帰り道に千疋屋に行き、「射るように苺を求めて店に入って行った私の眼に赤く苺の小さな箱が飛び込んだ。それを求め、岡山の白桃の缶詰めを銀座で遂に探し出して」お宅に届けさせたのであった。小林としては寅彦が求めている物を見つけて小躍りしたい気分であったことだろう。

この話には後日談がある。苺が手に入っただけではまだ不十分であったのだ。一二月二日、小林勇は野菜の料理を作らせて寅彦のところに届けさせた。その礼状が四日に来て、そこに寅彦は「昨日は結構なものを頂戴いたし誠にありがとうございました。しかし、何分にも病中の食味の倒錯にて十分玩味することができず残念でしたが、ご親切の志は大変ありがとう存じます」と、深刻な体調にも拘わらず、実に丁重な手紙を書いている（妻の紳子が代筆）。続く文面に、「なおご親切に甘えて一つお願いしたいことがあります。それは、苺のシャーベット又は、これが無ければ苺のアイスクリームが欲しくて、銀座辺りを探しておりますが、未だみつかりません。一流のレストラン等では、もう出ているかもしれません。もしお心当たりがあって、どこにあるかが分かれば、ちょっとお電話にてお知らせ願えれば大変ありがたく存じます。苺は千疋屋辺りにもう出ておりますので、家で作って作れぬこともないでしょうが、到底満足なものはできぬと思います」とある。

　要するに、寅彦は一流のコックが作った苺シャーベットか苺アイスクリームを食べたくて仕方がないのである。自家で作っても美味いものができないと、病気で舌の感覚が狂っているからこそ、いっそう腕のいいコックの料理を所望したのであろう。幸い、小林勇は「その日（一二月四日）の午後になって、情けある人によってようやく苺のシャーベットを手に入れることができた。六日の日に又電話があって、この間のシャーベットはどこで手に入れたかを問われ、急ぎ又作って貰って届けたのである」と、寅彦の要望を叶えることができた。いかに寅彦が苺シャーベットを待ち望んでいたかがわかろうというものである。小林は「先生の口には今はこういうものが辛うじて通るのみかと考えると、哀しいものがこみ上げて来るのであった」と、寅彦と苺の経緯をまとめている。現在では、苺はほぼ季節に関係なく手に入るようになっているが、そうなったことで、このような苺を求めての涙ぐましい物語は語れなくなってしまった。

いよいよ苺が本格的に出回るようになって、寅彦は大そう喜んで食べるようになった。苺が出る前には番茶のシャーベットなどを食べていたのだが、それはすぐに飽きてしまい、「苺のシャーベット」を待ち望んでいたからだ。寅彦が亡くなったのは一九三五年（昭和一〇年）一二月三一日だが、一〇月二四日から亡くなるまでのほぼ二カ月の間は、専任の看護婦として飯田のぶ子が寅彦の面倒を看るようになった。その飯田さんが「毎日のように女中さんが銀座まで、苺やアイスクリーム、シャーベットを求めに参りました」と述べている（『回想』）ように、寺彦が待ち望んでいた苺アイスクリーム、苺シャーベットを存分に食べられるようになったのである。「旦那様は、そのお使いの帰って来るのを楽しみにお待ちになっていまして、女中さんの出がけには、帰りには自動車に乗って急いで来いとお言いつけになるのでした」と、寅彦がいかに苺の到着を待ち遠しく思っていたかがよくわかる。

　飯田さんが、「女心の狭い料簡から、つい、今、苺など高くて大変でございますね」と口をすべらせたことがあった。値段が高く、その上自動車を使って銀座まで買いに行くことに対して、彼女は勿体ないと思ったのである。それを耳にした寅彦は「僕は普段少しも贅沢をしていないから、こんな時は少しも構わず、いくら高くてもどんどん欲しい物は買って貰い度い」と言ったそうである。「もう命の瀬戸際なのだから」とまでは言っていないが、「自分のことをもっと同情してくれよ」、と縋《すが》りつきたいような気持であったのではないだろうか。

少し話は逸れるが、寅彦が新しい物好きであったことを言っておきたい。この場面にも銀座の一流レストランの苺アイスクリームや苺シャーベットが出てくるように、この時代に広がり始めたばかりのハイカラなお菓子を寅彦が好んで食べている。さらに、これから登場するコーヒーは日本ではようやく大正時代から多くの人々が飲むようになったのだが、寅彦はそれ以前から愛飲して銀座の「凮月堂《ふうげつどう》」に日参していた。

蓄音機（レコードプレーヤー）が国産されるようになったのは一九一〇年（明治四三年）らしいが、随筆「蓄音機」（一九二二年四月）によれば、寅彦は二番目の妻の寛子が亡くなったころ（一九一七年）に買ったとある。蓄音機のような新製品にも興味があったことがよくわかる。中学生時代に父親にねだって幻灯機や顕微鏡を買ってもらって以来、彼は新しい物を見ると欲しくてたまらなくなる性質であったらしい。高校時代にバイオリンを手に入れたのもその一つかもしれないし、第2章に出てくるライター蒐集もその類と言える。以下で、「おや、こんな時代になんとハイカラな！」と思うようなことがあれば、寅彦が新しい物好きであったことを思い出していただければ納得されるであろう。

さらに彼の新しい物好きは、このような「物」に対する偏愛に限らず、彼が抱いた科学的な観点の先見性にも通じていることを指摘しておきたい。本書では触れないが、現代用語で、プレートテクトニクス、カオス、アポトーシス、複雑系、フラクタル、ファジー、遺伝物質（D

NA）、生態系、惑星形成、散逸（非線形拡散）構造、というような新しいアイデアにいち早く気付いて自分なりの意見を表明しているのである。むろん、彼の寄与は各テーマの入り口へのほんの寸言に過ぎないから、大したことではないと思われるかもしれない。しかし、まだ誰も思いついていない事象に注目して、「ねえ君、不思議だと思いませんか？」と問いかけたことは、彼の新しい物好き＝先見性の現れであると言えるのではないか。といっても、すべてについて先見的であったわけではなく、後に見るように社会的な事象や思想に関わる問題ではむしろ保守的であった。彼には先見性と保守性の両側面があったことも本書から読み取っていただければと思う。

珈琲好きの寅彦

先の「好きなもの」の短歌に出て来る珈琲（以下、現代流にコーヒーと書くこともある）について、寅彦は新しい物好きであるだけに留まらず、強い思い入れを持っていたことは確かである。

まず「客観の珈琲、主観の新酒かな」という彼の俳句（「新酒」は秋の季語である）から、彼がなぜ珈琲好きであったのかがわかるような気がする。新米からできたばかりのめでたい新酒であれば、自分も楽しまねばならないという強迫観念に捉われて酔い、思考が自分一人の主観に留まってしまうことになる。これに対し、珈琲は自らと静かに対話しつつ、精神を解き放って自分を客観視することができる。事物・事象をじっくり客観視すべき科学者として珈琲こそが好ましい、との思いが込められているような気がする。

　私は、最初大きな思い違いをしていた。甘い物好きの寅彦のことだから、珈琲にも砂糖をスプーン一杯、山盛りに入れていたのではないかと思っていたことだ。しかし、よくよく考えてみれば、それでは甘い物に負けることになるから主観の珈琲になってしまう。客観の珈琲であるためにはブラックでなくてはならない。果たして、寅彦は好物の珈琲に、砂糖をたくさん入れたのか、砂糖抜きのブラックにしたのだろうか。むろん、彼がそんなことを書くはずはないから友人・知人・弟子たちの回想記を調べてみるしかない。

　すぐに目についたのは、岡田武松が『月報』に書いた「寺田さんの思い出話二つ三つ」の、その最初に「一、寺田さんとコフヒー」と題して書いていることだ。「コフヒー」と書いているところを見れば、当時のコーヒーの呼び方・書き方に、珈琲・コフヒー・コーヒー（すぐ後に出てくる東洋城の文章）とあって統一されておらず、それだけにまだ珍しい飲み物であったと思われる。そこでは、「寺田さんのコフヒー好きは有名である。今更寺田さんとコフヒーの話をするなぞは野暮の骨頂と思われるが、これは老生が参って仕舞った話だから、一つ書かして戴こう」という前置きで、寅彦がブラックの強いコーヒーを飲んでいたらしいことを証言している。彼の言うことには、「大正三年（一九一四年）の春だと思う。老生は久しぶりに老妻と一緒に銀座見物に行き、くたびれたのでコフヒーでも飲もうかと不二屋へ入った。すると、右側のテーブルに寺田さんがポツネンと独りで坐わっていた。ヤーここへ来たまえと云うので、同じテーブルについた」と、銀座の喫茶店で岡田夫妻は寅彦と偶然に出会ったのである。

　ここで言っておかねばならないことは、岡田武松は一八七四年生まれで寅彦より四歳だけ年上で、大正三年はまだ四〇歳であったわけで、当時の人たちがいかに早く年を取ったとはいえ、「老生」とか「老妻」という年齢ではないことである。しかし、「コフヒー」という言い方も含め（この文章は一九五〇年に書かれている）、あえて年寄りであることを印象づけて、旧い思い出であることを強調したかったのではないかと思われる。老人の嗜《たしな》みと言えようか。

　それはさておき、寅彦と岡田夫妻がテーブルを一緒にしたとき、「すると寺田さんが、僕が注文するからと云われて、何だか注文された」と書いているように、銀座に通い慣れた寅彦らしく颯爽とした姿である。寅彦は、銀ブラをして「凮月（堂）」とか「不二家」とかの店で独りコーヒーを楽しむことを常としていた（「銀座アルプス」という随筆を一九三三年に書いている）。そのため、銀座で寅彦と偶然出会ったという思い出話は数多く残されている。寅彦は家庭の喧騒や大学・研究室の雑用から離れて、それこそ「客観の珈琲」とばかり、銀座へひとり足を運んで自分が瞑想する時間を持ちたかったのだろう。そこで、たまたま寅彦が気象学の先輩として尊敬する岡田武松に出会ったのであった。

寅彦が注文したので、岡田は「暫らくして給仕が小さなコップに入っているものを持って来たから、早速味わってみた」と、気軽に味わうつもりであった。「ところが強いの強くないので、普通の品物ではなかった。多分「モッカ」とかいうのであったと思う。お蔭様でその晩は老生も老妻もパッチリと目がさえて眠られず、ひどいことになって仕舞った」という羽目になった。そもそも日ごろコーヒーを飲んでいない岡田夫妻にとっては、そこに差し出されたモカ・コーヒーの刺激は余りに強すぎたのである。

そこで岡田氏が発見したことは、「この話をあとで寺田さんにしたら、へーといった調子で、何とも思っていられなかった。これで見ても寺田さんは、コフヒーは平素もかなり強いのを上がっていられていたと思われる」というものであった。つまり寅彦は、おそらくコーヒー豆を挽いてすぐにお湯を注ぐドリップ式のブラックコーヒーを好んで飲んでおり、知人たちにも当たり前のように推奨して飲ませていたのであろう。ブラックコーヒーを味わったことがない人にとっては大迷惑であったのだが、寅彦はそんなことには気が付かなかったのだ。

寅彦がブラックコーヒーを飲みなれていたことは、松根東洋城が『月報』に書いた文章を見てもわかる。東洋城は、寅彦との間で連句の歌仙を巻いている最中の心理状況を、「ブラックコーヒーに唇を湿して、その芬芳《ふんぽう》（よいかおり）に気をよくしている時でも、海老のフライを頬張って滋味に舌鼓を打っている間でも、その制作の心は精進だ」と書いているからだ。この記述から、連句を考える合間に海老フライを食べるのと同じような気分で、二人が揃ってブラックコーヒーを飲むのが普通であったようである。

『珈琲哲学序説』より……………………………

寅彦がコーヒーはブラックとして飲むようになったのは、『珈琲哲学序説』（一九三三年）によれば、ヨーロッパに留学していた折りにドイツで美味いコーヒーを味わった時からのようである。寅彦は一九〇九年三月に東京を発って五月からベルリン大学に留学した。その時に下宿した家で、毎朝熱いコーヒーを飲み、香ばしいシュニッペルを齧《かじ》るのが習慣となった。また、昼前に講義が終わって後、午後四時から始まる午後の講義までの間、暇つぶしのために、美術館巡りや旧ベルリンの古めかしい街区を散策したり、フリードリヒ街やライプチヒ街の飾り窓を覗き込んだりして「ベルリンのギンブラ」をしたのだが、余った時間にカフェやコンディトライの大理石のテーブルで「ミット」や「オーネ」のコーヒーを楽しんだと書いている。ベルリンの冬は暗くて物憂く、重苦しい気分が漂っており、無意識の慢性的郷愁と混じり合って一種特別な眠気を強く感じる。この眠気を追い払うために一杯のコーヒーがはなはだ必要であったというわけだ。

また、留学中にいくつかの国を旅行した時もカフェ巡りを欠かさなかった。スカンディナヴィアの田舎で、叩きつけても壊れそうにもない頑丈で分厚いコーヒー茶碗を手にし、茶碗の縁の厚みでコーヒーの味覚に違いを感じるという興味ある体験をしている。ロシア人のコーフィの発音が日本流とよく似ていることを知り、ペテルブルグ一流のカフェの菓子は贅沢で美味いということも発見した。「こんな事からもこの国の社会層の深さが計られる」と文明論に結び付けようとしている。これに比して「ロンドンのコーヒーは多くはまずかった」ため、民衆的な紅茶でガマンする外なかったらしい。「英国人が常識的健全なのは紅茶ばかりのんで」「原始的なるビフステキを食うせいだ」という説を（共鳴しながら）紹介し、他方「プロイセン辺りのぴりぴりした神経は、事によるとうまいコーヒーの産物かもしれない」と推測する。むろん、寅彦は紅茶よりコーヒーに軍配を上げているのである。パリのコーヒーと棍棒のようなパンを輪切りにした朝食は大いに気に入ったとも書いている。

西洋での街角カフェの経験から、日本に帰ってからはコーヒーらしいコーヒーを飲ませてくれる「銀座の風月《ふうげつ》」にいつも通っていた。「風月」でドイツ人のピアニストとセリストと顔なじみになったのだが、この二人は「風月」の「一杯のコーヒーの中にベルリンないしライプチヒの夢を味わっているらしく思われた」と、故国を離れて郷愁を感じているドイツ人の心中を思いやっている。震災後、「風月」の給仕人の服装が和服からタキシードに変わって、なんとなく敷居が高くなったような気がしたのはどういうわけだろう。やはりカフェといえども、寅彦にとっては日本的雰囲気が好ましかったのだろうか。そのころにはいくつも喫茶店ができたこともあって、定番のコーヒー店の鞍替えをすることになった。いわゆる食通ではないと自認する寅彦なのだが、コーヒーの味に関しては店ごとに区別があることは自然にわかったようである。またクリームの香味にも店によって大きな差異があって、これが大切な味覚的要素であるとわかってきたためか、「コーヒーの出し方はたしかに一つの芸術である」と断じている。なかなかのコーヒー通になったと言うべきだろう。

　といっても、本人は「自分がコーヒーを飲むのは、どうもコーヒーを飲むためにコーヒーを飲むのではないように思われる」と書いている。気取った自分を見せたくないためだろう。しかし、その舌の根が乾かないうちに、「宅《うち》の台所で骨を折ってせいぜいうまく出したコーヒーを、引き散らかした居間の書卓の上で味わうのではどうも何か物足りなくて、コーヒーを飲んだ気になりかねる」と言っている。コーヒーを飲む場の雰囲気を、「やはり人造でもマーブルか、乳色ガラスのテーブルの上に銀器が光っていて、一輪のカーネーションでも匂っていて、そうしてビュッフェにも銀とガラスが星空のようにきらめき、夏なら電扇が頭上に唸り、冬ならストーヴがほのかにほてっていなければ正常のコーヒーの味は出ないものらしい」と口うるさい。先の言葉に反して、この言い方からは「コーヒーを飲むためにコーヒーを飲む」という姿勢しか感じられないではないか。コーヒーのことなら、自分の言説が矛盾していても構わないのである。

その上、「コーヒーの味はコーヒーによって呼び出される幻想曲の味であって、それを呼び出すためにはやはり適当な伴奏もしくは前奏が必要であるらしい。銀とクリスタルガラスとの閃光《せんこう》のアルペジオは、確かにそういう管弦楽の一部員の役目をつとめるものであろう」と、なんとも贅沢である。寅彦はムード派で、コーヒーを飲みつつ音楽を聴き、瞑想にふけるのが好きであったのだ。そんな雰囲気を独り喫茶店で楽しんでいたに違いない。

もっとも、「研究している仕事が行き詰まってしまってどうにもならないような時に、前記の意味でのコーヒーを飲む」のであると、「困ったときのコーヒー」だと言い訳する。というのは、「コーヒー茶碗の縁が正に唇に相触れようとする瞬間に、ぱっと頭の中に一道の光が流れ込むような気がすると同時に、やすやすと解決の手掛かりを思いつくことがしばしばあるようである」からだ。コーヒーが科学研究の手助けをしてくれるのだから、コーヒーを欠かすわけにはいかないとの宣言ともとれる。こう言われると誰も寅彦のコーヒー好きには口を挟めない。

寅彦自身が心配したのは、「こういう現象はもしやコーヒー中毒の症状ではないか」という疑いで、自己診断を試みてみた。すると、「中毒であれば、飲まない時の精神機能が著しく減退して、飲んだ時だけようやく正常に復するのであろうが、現在の場合はそれほどのことでないらしい」という診断結果になって、問題はないということになった。といっても、お酒飲みがアル中であるかどうかの自己診断で、手が震えていないとか、飲まなくても気持がダレない、とかを理由にして自分は大丈夫と結論するようなもので、あまり信用してはいけない。寅彦が達した結論は、コーヒーを飲んだことで科学の難問解決の手がかりを思いつくのは、「この興奮剤の正当な作用でありきき目であるに相違ない」というもので、中毒ではない証拠と考えてよいことになる。寅彦の得た結論だからといって科学的だと即断すべきではないことは、あえて言う必要はないだろう。

このように、寅彦はコーヒーが興奮剤であることをよく承知している。実際、胃の病気のために一年間コーヒーを飲まずにいて、久しぶりに銀座でコーヒーをただ一杯味わっただけなのに、異常な興奮状態になったことを経験したそうだ。その時「公園の木立も、行交う電車も、すべての常住的なものがひどく美しく明るく愉快なもののように思われ、歩いている人間がみんな頼もしく見え、要するにこの世の中全体がすべて祝福と希望に満ち輝いているように思われた」のであった。まさに、興奮剤としてのコーヒーによって至福の気分を味わったのだが、彼は「なるほどこれは恐ろしい毒薬であると感心もし、また人間というものが実にわずかな薬物によって勝手に支配される哀れな存在であるとも思ったことである」と述懐している。コーヒー一杯だけでそうなるのだから恐ろしい。もっとも、一度この状態を体験すると二度と味わえず、後を引かないようなのだが……。

寅彦はこのように一つの経験を基にして、さまざまな議論へと敷衍《ふえん》させていくのが好きである。理屈をこね、類推し、一般化するというふうに、科学者としてさまざまに話を展開して蘊蓄を傾けるのだ。曰く、スポーツや宗教に熱中すると人は興奮し恍惚状態を経験する。また芸術や哲学や宗教も、人間の肉体と精神に薬物や興奮剤と同じような効果を及ぼすことは確かで、自殺したり、盗みや放火を働いたり、家族を泣かせたり、英雄になったりすることにもなる。そこで寅彦は、「芸術でも哲学でも宗教でも、それが人間の人間としての顕在的実践的な活動の原動力として働くときにはじめて現実的の意義があり価値があるのではないかと思う」と考える。つまり、芸術・哲学・宗教が個人の潜在的で思弁的な活動に留まるなら興奮剤と同類のものでしかないが、形として顕れて具体的な人間活動の原動力となるなら価値がある、というわけだ。寅彦はプラグマティック（実利的）な人間であることがよくわかる。

実際、この論をコーヒーに関連させて、「自分にとっては、マーブルの卓上におかれた一杯のコーヒーは自分のための哲学であり宗教であり芸術であると言ってもいいかもしれない。これによって、自分の本然の仕事が幾分でも能率を上げることが出来れば、少なくも自身にとっては下手《へた》な芸術や半熟の哲学や生温《ぬる》い宗教よりもプラグマティックなものである」と宣言している。要するに、コーヒーは自分の研究に役立つのだから、芸術や哲学や宗教より重要と言いたいのである。といっても、この三つを同列に見ているわけではない。「宗教は往々人を酩酊《めいてい》させ官能と理性を麻痺《まひ》させる点で酒に似ている」とし、「コーヒーの効果は官能を鋭敏にし洞《どう》察《さつ》と認識を透明にする点で、いくらか哲学に似ているとも考えられる」として区分する。宗教＝酒、哲学＝コーヒーというわけで、「酒や宗教で人を殺すものは多いが、コーヒーや哲学に酔うて犯罪をあえてするものは稀である。前者は信仰的主観的であるが、後者は懐疑的客観的だからかもしれない」と、彼の見解を明らかにする。「客観の珈琲、主観の新酒かな」の由来はここにもあるようだ。

　蛇足だが、寅彦は「芸術」の位置付けに苦労して、「芸術という料理の美味も時に人を酔わす」と言い、「その酔わせる成分には前記の酒もあり、ニコチン、アトロピン、コカイン、モルフィン色々のものがあるようである。この成分によって芸術の分類が出来るかもしれない。コカイン芸術やモルフィン文学があまりに多きを悲しむ次第である」と言うのだが、何だかごまかされたような気がする。というのは、芸術の酒のように酔わせる要素には触れつつも、コーヒーに含まれるカフェインの麻薬的要素には言及しておらず、さらに芸術のコーヒー的作用を通じての危険な要素について何も言っておらず、公平ではないと思うからだ。

以上のように、寅彦の『珈琲哲学序説』を辿ってみると、彼のコーヒーへの偏愛ぶりが伺われる。そのためには、多少強引な論理を振り回すことも躊躇していない。コーヒー好きが高じて、いっそう傾倒していたのだろう。実に人間的な寅彦で、なんだか愛おしく感じられるのではないだろうか。

第2章

タバコを止めない寅彦

「喫煙四十年」の居直り論

寅彦が終生止められなかったもう一つの嗜好がタバコであった。その経緯や彼がタバコ好きである心情は「喫煙四十年」（一九三四年）に正直に書かれている。そこにあるように中学に入ったころ（一八九〇年）からタバコを吸っていたそうだから、亡くなるまで四〇年以上の喫煙のキャリアがある。現在のように、タバコの健康への害や受動喫煙の危険性などが問題にもされなかった時代だから、彼もタバコを吸うことについては何ら悪びれた風がない。父が非常に愛煙家であったため、寅彦にとっても喫煙は当たり前で、早くも一二歳からタバコを吸っていたのだが誰も反対しなかった。それどころか、皮製のタバコ入れ、真鍮のキセル、胴乱（桐の木をくり抜いて印籠形にしたタバコ入れを竹のキセル筒にぶら下げるようにしたもの）を両親に買ってもらい、いつも携行して喫煙していたほどであった。

もっとも、最初は、煙に噎《む》せたり、喉や鼻の奥が傷んだり、胸が悪くなって吐きそうになったり、ご飯が苦くて脂《やに》を嘗めるようであったりしたから、「全く何一つとして好《い》いことはなかったのに、どうしてそれを我慢してあらゆる困難を克服したか分りかねる」と自分のことながら疑問に思い、首を傾《かし》げている。どうやら、「平気で鼻の孔から煙を出すようにならないと一人前になれないような気がした」ためであるらしい。事実、燧袋《ひうちぶくろ》から火を切り出したり、燧金《ひうちがね》の火花からタバコの火口に点じる技を難なくこなしたり、火の消えていない吸い殻を掌に入れて転がしながら次の一服を吸いつける、という芸当を真似してずいぶん痛い思いをしたりしたのである。それでもやはり、「それが出来ないと一人前の男になれないような気がした」から、止めるわけにはいかなかった。大人の真似をすることで大人扱いして欲しい、との背伸びをしたがる気持ちがよく表れている。良く言えば、チャレンジ精神ということだろうか。寅彦は「馬鹿げた話である」と言いつつ、「この馬鹿げた気持がいつまでも抜け切らなかったおかげで、この年まで六《むつ》かしい学問の修業をつづけて来たのかもしれない」と、喫煙と学問とは全く別のことなのに強引に結び付けて合理化している。

私も昔タバコを吸っていたので経験があるが、寅彦が言うように「煙草の一番うまいのは、やはり仕事に手をとられて、みっしり働いて草臥《くたび》れたあとの一服」である。充実感を持って自分がやった仕事の反芻をしながら、口から吐き出すタバコの煙を香しい思いで見つめる気分は特上であるからだ。彼は「仕事の合間の暇を盗んでの一服もそうである」と書いているように、タバコを口にくわえ、紫煙に目を瞬かせながらノートを眺めるとき、そしてタバコの煙を深く吸い込んで胸に送り込むとき、の至福感は何ものにも代えがたい。寅彦も「（油絵で）一通り画面を塗りつぶして、さて全体の効果をよく見渡してから、そろそろ仕上げにかかろうというときの一服も、ちょっと説明の六かしい霊妙な味のあるものであった」と回想し、「真剣に働いたあとの一服が一番うまいということになるらしい」と述べている。気持ちが充実していると感じる時のタバコの味は格別なのである。逆に、「閑《ひま》で退屈してのむ煙草の味はやはり空虚なような気がする」とあるように、手持無沙汰な時にはタバコに手が出てしまうが、単に喉がいがらっぽくなるだけで、口の寂しさをごまかしているだけでしかない。

今では嫌煙家の方が威勢よく、大学の建物も「全館禁煙」が増えてタバコが吸える場所を探すのが大変になっているが、寅彦の時代でもタバコを嫌う人は喫煙者に同情心がなかった。彼は図書室で喫煙を禁じるのは、喫煙家にとっては読書を禁じるのと同じ効果となると言って抗議している。現在のような禁煙が当たり前の時代にもし彼が生きていたら、さてどう言うであろうか。そのことを探る上で、屁理屈を振り回す寅彦を紹介しておこう。寅彦は、タバコに関しては少々強引過ぎる論を吐いているからだ。

胃潰瘍になったとき、当然医者からタバコを止めた方がいいと言われたのだが、寅彦は「煙草も吸わないで生きていたってつまらないから止《よ》さない」と返答した。甘い物を食べるのを控えた方がよいと言われた時も、「そうしなければならないのなら死んだ方がましだ」と言ったこともあり、彼は自分が欲していることを禁じられると「生きていても仕方がない」「死んだ方がましだ」と言うのが口癖であったらしい。坊ちゃん的な体質が大人になっても抜けきらなかったと言える。後になっての言い草は、「あの時に煙草を止めていたら胃の方は確かによくなったかもしれないが、その代りにとうに死んでしまったかもしれないという気がする」というものである。さすが、これは無論理・無理押しの弁であると自覚していたようで、「何故だか理由は分らないが、唯そんな気がするのである」と独り言ちている。

タバコに絡んで、もう一つ強引な屁理屈を書いている。「煙草の「味」とは云うものの、これは明らかに純粋な味覚でもなく、そうかと云って普通の嗅覚《きゅうかく》でもない」と、人は煙の味をどの感覚で感じ取っているのかと疑問を投げかける。そして、「舌や口蓋や鼻《び》腔《こう》粘膜などよりも、もっと奥の方の咽喉の感覚で、謂《い》わば煙覚とでも名づくべきもののような気がする」と言い出すのである。「そうすると、これは普通にいわゆる五官の外の第六官に数えるべきものかもしれない」と新発見のように言い立てる。いかにも正しそうに見える論理展開であるが、果たして「煙覚」というようなものがあるかどうかは気にしないのである。そうして、「してみると、煙草をのまない人はのむ人に比べて一官分だけの感覚を棄権している訳で、眼の明いているのに目隠しをしているようなことになるのかもしれない」と、極めて強引な結論へと導くのだ。タバコを吸う人間は第六官（煙覚）まで有効に使っているのに対し、吸わない人間はせっかくのその感覚を使っていないのだから勿体ないことだ、というわけである。彼のいかにも得意そうな顔つきが思い浮かぶが、牽強付会の誹りは免れない。何しろ煙覚という第六感覚の存在は誰にも確認されていないのだから。

以上は、寅彦の面目躍如の「煙草論」だが、それに留まらず、さらにタバコの科学的（？）効用についてまで述べているので紹介しておこう。その第一は、あまり興味のない会議に出て憂鬱になったとき、タバコをくゆらせば気分を紛らわせられることである。そのとき、口から吐く真っ白い煙がラシャのテーブルクロスとの相互作用で、様々な形を取るのを観察することができる。境界条件を考えながら煙がどのように動き、どんな形状になるかを秘かに実験するのは興味があることであるに違いない。そこで、物理学の実験で、空気の対流渦動を可視化するためにタバコの煙を使うことになったという。

タバコの煙に限らず、塩化アンモニアや水酸化チタンなどの煙を用いて、不可視物質の運動を可視化し、そこに含まれる物質の回収など煙に関連する科学的・実用的研究へと話を展開する。煙の利用で、「国家の非常時に対する方面だけでも、煙幕の使用、空中写真、赤外線通信など、みんな煙の根本的研究に拠らなければならない。都市の煤煙問題、鉱山の煙害問題みんなそうである」と、希有壮大な話へと広げていく。果ては、「人間は煙草以外にいろいろの煙を作る動物であって、これが他のあらゆる動物と人間とを区別する目標になる」と、高等な人間こそが煙を使いこなすということに導く。

こうして煙をキーワードとした文明論に及び、人間の生活程度が高いほど多く煙を製造するようになり、現代都市の繁栄は空気の汚濁の程度で測ることができる、軍国の兵力の強さもどれだけ多くの火薬やガソリンや石炭や重油の煙を作り得るかという点に関係する、などとどんどんエスカレートしていく。そして、ついには「大砲の煙などは煙のうちでもずいぶん高価な煙であろうと思うが、しかし国防のためなら止むを得ないラキジュリー（贅沢）であろう」と述べる。

　こうまで言われると、寅彦の時代と現代は煙に対する感覚も大きく異なってしまったと言いたくなる。かつては工場からモクモクと煙が出ている産業都市が高く評価されたが、今や煙に含まれる有害ガスなど公害問題で煙の排出を抑えるべきとなっているし、そもそも国家の軍事力を、所有する大砲の煙で判断するというのにも疑問がある。ともあれ、この言から寅彦は保守的体制擁護派であったことがわかる。タバコの効用に紛らわせて、国防にまで結びつけるところは、まさに寅彦の連想力の豊かさを見せつけられる思いだが、露骨に軍事力を礼賛する意見は頂けない。

　以上が「喫煙四十年」に寅彦がまとめた「タバコ礼賛の記」なのだが、家族や関連研究者から見たタバコ好きの寅彦像はどんなものであったろうか。

タバコ好きの寅彦像

『回想』に書かれた「家庭に於ける寺田寅彦」においては、「胃潰瘍になってからも煙草はやめませんでした。医者や友だちの方からも煙草はやめないといかんと忠告されても、どうしても聞きませんでした」とあり、先の文章にもあるように、寅彦は頑固にタバコを吸い続けたのである。「煙草は朝日ばかりで、家を出る時ポケットに二つ入れて出て、途中で一、二個買うようです」とあるので、一日三～四箱は煙にしていたことになる。もっとも、「吸い方は割に贅沢で、三分の一か半分程吸うと捨ててしまい、一旦消したのはまずくて吸えぬと申して居りました」とのことだから、丸々吸ったタバコの本数から言えば二〇本～四〇本、平均で三〇本ということだろうか。実は、「喫煙四十年」のなかで、寅彦は四〇年の間に吸ったタバコの数と放出した煙の体積を計算しているが、そこでは「一日に紙巻二十本の割で四十年吸ったとすると合計二十九万二千本、ざっと三十万本である」と見積もっている。この「一日二十本」は過少申告で三〇本とすべきだろう。寅彦は、なぜか少なめに見積もっているのである。そうすると、総数はざっと四三万八千本となり、一本八・五センチの朝日を縦につなぐと三万七千メートル、ほぼ富士山の高さの一〇倍となる、というふうに修正しなければならない（大した修正ではないが）。

家人の言では、「とにかく食事の時とか僅かの間の他は吸い通し、ことに物を書いているときなどは無意識に吸っているようです」とあるが、これは私の経験とよく一致する。原稿を書いている時などは、知らず知らずの間にタバコに手が伸びており、吸いかけてはそのまま執筆してタバコに火をつけたことを忘れてしまい、一本丸々が灰になっていたり、吸いさしのままのタバコが何本も溜まっていたりしたものである。チェインスモーカーになるのだ。おそらく寅彦もそうであったのだろう。極端なのが「風呂へ入る時には必ず一本新しいのをくわえて行きます。風呂場の中へよく吸いかけが捨ててありました」とあるように、風呂に入る時もタバコが手放せなかったようで、私はさすがそこまではやらなかった。吸いかけのタバコを置く灰皿が風呂場に置いてなかったことと、タバコが水に濡れて紙巻の紙が破れると粉が散らばり、さすがに汚く思われたためであった。さて、寅彦は、これらのことに、どのように対処したのであろうか。

「便所に行く時も勿論くわえて行きます。芝居や映画を観に行く時は、席は度々喫煙室へ行く都合で、通路の角の所を好みました」と、さすが家人の観察は細かい。わが家でもかつてはトイレに灰皿を置いていて、一服済むまでしゃがんでいたものだ。また、私の若いころの記憶では、上映中でも喫煙可能の映画館があり、もうもうたる紫煙の彼方のスクリーン上の映像を見ていた。そのころに通っていたのは場末の三流の映画館であったから、よけいそんな印象が強く残っているのだろう。フィルムは熱に弱くて燃えやすく、ときどき映写室からボヤを出したり、上映中に火災が広がって死者が出たりして、映画館の禁煙が「消防法」に定められたのは一九五〇年代ではないか。とはいえ、その法律が完全に守られるようになったのは、私の経験から言えばだいぶ後のようである。いずれにせよ、寅彦の時代の普通の映画館は喫煙自由であったと思われるが、寅彦が通っていた映画館は主に外国映画専門の一流館であっただろうから、会場内は禁煙で場外の通路でしか喫煙できなかったのだろう。

弟子が見たタバコ好き

弟子の筒井俊正は、実に率直に寅彦とタバコのことについて重要な証言をしている（『月報』）。「さて先生は御承知の通り煙草が大好きだった。最後迄煙草は放されなかったと思う。先生は常に、煙草のために寿命が五年位短かくなるということが医学的に証明されても、僕は煙草はやめないよといわれていた」と、直接耳にした寅彦の見解を書いているからだ。はっきりと

「寿命が短くなると医学的に証明されてもタバコを止めない」と述べて寅彦は居直っているように見えるが、実はそんなことが医学的に証明できると考えていなかったのである。後に述べるが、彼は医者および医学を信用していなかったためだ。だからこそ、医者に病気を治したいのならタバコを止めなさいと言われても、素直に聞こうとはしなかったのである。

筒井は寅彦がタバコを吸う様子を細かく観察している。「先生は煙草に火をつけるのにマッチをすって、すぐにはつけない。軸が根元迄燃えて来て指先が焦げそうになって初めて、あわてて煙草に火を移されていた。はたで見ている方がハラハラする位である。マッチ一本無駄にすることも度々あった」との描写から、寅彦が話をしながらタバコを吸いつけようとする姿が彷彿として蘇ってくる。マッチをすってすぐにタバコに火を移すのではなく、しばらくマッチの火を眺めながら話に聞き入ったり、何か考え込んだりする癖があったのだろう。マッチの先に火が点いて燃え上がる時、不思議に脳が刺激されるような気がして、気持を集中させようと思うためかもしれない。そのためタバコを持っていることを忘れて、心ここにあらずのような気分になり、マッチの火が指を焦がすような状況になって初めて気付き、慌てて火を消したり、タバコに火を移したりすることになる。一方、傍で見ている学生たちはマッチの火ばかりが気になって、何を先生と話していたかまったく覚えていないという仕儀となってしまうのである。

ライターの話

ところが、ある「お茶の会」のとき、「先生は朝日を一本とり出されたので、又例の調子で火をつけられることと思っていたらば、予想に反してチョッキのポケットからライターをとり出され、ニヤニヤとしながらカチッと火をつけられた。そしてライターを机の上に置かれた」という。ライターは、その当時では珍しく、また高価であったに違いない。寅彦の「ニヤニヤ」という顔の表情と、これ見よがしにライターを机の上に置く手つきがいかにも得意気である。「「仲々ハイカラなものを持っていますね」とからかった。先生は「うんちょっとね」と相変らずニヤニヤ」していることから、見せたい、話したいことがあると見透かされてしまっている。事実、筒井に「何か魂胆があるようであった」と喝破される始末である。

しかし、どんな「魂胆」なのか、すぐにはわからない。そのうちに、「種々の話をされてから、先生は又二本目の朝日をとり出された。私（筒井）は机上のライターをお渡ししようとすると、それには目もくれないでチョッキの別のポケットから又ちがったライターをとり出され、カチッと火をつけて得意顔で皆を見渡しておられた」のである。どうやら、「魂胆」とは、また別のライターを持っていることを見せびらかすことであったらしい。それどころか、「それからの三本目、四本目……の煙草は、一本一本みんな別々のライターで火をつけられた。そして机の上に並べられたライターの数は十近くであった」と、さまざまなタイプのライターを買い集めてきたことを寅彦は得意げに見せびらかしたのだ。茶目っ気があって、周囲の人の意表を突くパフォーマンスと言えよう。

あっけに取られた筒井たちは、当然「ライターをそんなに沢山集められた理由を尋ねた」ところ、ニヤニヤしながら、寅彦がいつもの得意の時に出るクセの「鼻の頭を手の甲でこすりながら」語ったところによると、以下のようであった。二、三日前に円タクに乗って、タバコを吸おうとして運転手さんにマッチを借りようとしたら、運転手は後ろ向きのまま黙って肩越しに金属製のものを差し出してくれた。寅彦は受け取ってみたものの、どこをどうすればいいのかさっぱり見当がつかない。ついに、運転手にどうするんだと尋ねたら、運転手は黙って受け取ってポッチをカチッと押すと火がつくことを教えてくれた。要するに、寅彦はライターなるものを知らず、これが初対面であったのだ。新しい物好きの寅彦にとっては、いささかメンツを潰された思いであったかもしれない。そこで発奮して、「形の変ったもの、機構の違ったもの等、種々のライターを買い集め、これをあっちのポケットやこっちのポケットに忍ばせておいて」、集まった人々を驚かせたというわけである。タバコとの付き合いは長いのに、新たに登場してきた文明の利器であるライターを知らなかったことが、よほど悔しかったのだろう。ライターについてすべてを知り尽くそうと、あらゆるタイプのものを蒐集しようとしたに違いない。

それだけでなく、「先生の机の上には硝子瓶に入った発火石、糸心、揮発油を入れる油差、掃除をするブラシ、ネジを廻す一銭銅貨が大切におかれていた」とあるから、ライターに関わる小道具を全て取り寄せ、実際に「暇な時にはライターの掃除をされていた」らしい。まさに、新しい物、珍しい物が手に入った時は、それに夢中になる寅彦であったのだ。むろん、その研究成果として「ライターが必ず一発でつく秘訣なども例のお茶の会の時に度々聞かされた」そうだから、蘊蓄を傾けて得意顔で語ったことは言うまでもない。

もっとも、寅彦はライターを使うようになった経緯については、少し異なったことを一九三三年四月二〇日付の中谷宇吉郎宛の手紙で語っている。その手紙は、北海道から東京に出て来た中谷にお土産を贈るつもりでいたのが、手渡す機会を逸したので小包で送ることにした、その小包に付けた手紙である。まず、「唯、ちょっとお笑い草になるという事件は、少生元来ライターというものが余り興味がなかったので手にしたこともなかった処、高嶋屋を冷やかしている時、偶然眼についてちょっと面白いと思ったのが即ち今度お送りしたもので、それを買う序にその傍にあった別の品をうっかり買ってしまったという一件に之有り候」と、少々回りくどい前置きを書いている。ライターのことを先にちょっと書き、続いて小包で送る品に触れ、それからまたライターのことに戻って「別の品をうっかり買ってしまった」と、いかにも別の品（ライター）を買うのが本意ではなかったのだと言い訳しているのである。そして、おもむろに「売り子嬢が別に美人であった訳にも之無く、全くその瞬間の偶然でライターを持つことになった次第に之有り候」と、髙島屋で買い物をしていた時に偶然ライターを目にして買ってしまったと説明しているのである。ライターが気に入ったのだけれど、タクシーの運転手に教えられたとは中谷に言いにくかったのだろう。

しかし、寅彦はライターのことを中谷に話してみたくて仕方がない。そこで、「実に世の中廻り合わせというものは不思議なものに之有り候。それから二日ばかりして又別のライターを求め、只今二つの隠しに別々に入れおり候。これより、時々違ったのを求め、それぞれ別の隠しに入れ、その機嫌次第でどれかを出すという道楽を始めようかと存じおり候。御一笑、御一笑」と書いており、ライターを複数買って別々の場所に入れておいて、使い分けするのを楽しんだとある。筒井の回想と共通するのはライターを複数持って使い分けたことだけで、さらに磨いたり掃除をしたりして楽しんだことについては中谷には語っていない。恐らく、筒井の回想が正しく、寅彦はライターに凝ったことまで中谷に（恥ずかしくて）言えなかったのだと推測できる。

そのことがわかるのは、この手紙を寅彦が「候文」で書いているからだ。一般に、中谷に対する手紙は、例えば同年の五月二七日付の「先日は二番目のお嬢さんが御生れになりましたそうで大慶至極に存じます。御目立ちも宜しいそうで喜ばしく存じます。なお此の上の御加養専一に願います」というふうに、実に丁重ではあるけれど「候文」ではない。通常は、このような語調の手紙を書いているのである。

だから、敢えてライターの報告を「候文」で書いたのは、ライターのことを話したくて仕方がない気持と、ライター入手の経緯が実際とは異なっていることをごまかすため、と考えられるのだが、いかがであろうか。それにしても、歴史のエピソードは意図的に変形した話が出回ることが多いから、よくよく聞き合わせ調査をしなければ真実から離れていくということがよくわかる。

その外には、一九三四年三月二日の日記に、「航研行、妹沢《せざわ》君に独逸製ライター土産に貰う」とある以外ライターの話は出てこないから、寅彦がライターに凝ったのはそう長続きしなかったのだと思われる。小林勇の病床にある晩年の寅彦を見舞ったときの文章（『思想』）でも、「煙草を手探りで枕元から取ってマッチを探されるので、私が火をつけて出すと、うまそうに吸われた」とあるから、とっくに手軽なマッチに戻っていたのだろう。現代のような値段の安い使い捨てライターで、掃除も揮発油の供給も不要となれば、寅彦はどう言っただろうか。分解して掃除したりして手をかけるからこそ愛着が湧き大事にするものだ、それを不要にしてしまうだけでなく、使い捨てで資源の無駄遣いとなるようなものはたとえ便利であっても駄目だ、と拒否したのではないかと思う。

病床でのタバコ

小林勇との対話中に、寅彦が書いた随筆の「喫煙四十年」について話が出たとき「専売局から表彰されはしないか」と小林が言ったら、黙って笑っていたのだが、その間にも絶えずタバコを吸っていた。そして、「人が煙草の害の方ばかり見て、益の方のことを知らぬし、言いもしないことを抗議された」と付け加えている。「喫煙四十年」に、タバコの益から煙に象徴される人間の活動の偉大さまでアレコレ書いていたように、寅彦はタバコの害は小さく、益の方が大きいと信じていたのである。現代でも、タバコを吸う人は「自分は肺ガンにはならない」と信じており、受動禁煙も大げさすぎると思っているから、害を小さく見ようとする。しかし、客観的なデータでは、喫煙は肺ガンのみならず他の臓器のガンにも罹《かか》りやすくし、内臓疾患を併発することもわかっている。また、受動喫煙によってガンになる確率が高くなることが疫学研究で証明されており、どうやらタバコは「百害あって一利なし」と考えるのが常識である（喫煙する本人の精神的満足は否定しないけれど）。科学的事実に対して誠実であった寅彦とはいえ、現在のようなご時世に生きていたら何やかや屁理屈を付けて（甘い物と同じように）タバコ擁護をし続けた可能性がある。それとも、あっさり宗旨替えして、率先して「禁煙のススメ」を書くことになったのだろうか。

　作家の森田草平《そうへい》は寅彦が亡くなる年の一〇月二四日の午後、「私は寺田さんがいよいよ病床に就かれたと聞いて、田原屋のメロンを提げて見舞いに行った」そうだ（『思想』）。「病床に就かれたといっても、私は早く医者にかかって、本格的に養生されたらよかろうと願っていたから、いよいよその気になられたんだなと思っただけで、これが死病になろうなどとは夢にも思わなかった」と、割りに気楽な気持からの森田の訪問であった。「寺田さんは「いよいよ降参して医者にかかったよ」と笑っていられた」から、この時点では寅彦もまだ病気を深刻に捉えていなかったのである。実際、「寺田さんは、前に見た時よりは多少面窶れはしていられたが、元気はなかなかある」という状態であった。

　といっても、「仰向けに寝たまま、すぱすぱと頻りに巻煙草をふかしては、苦しそうに咳き込まれる。その息の下から、「どうも咳をすると、腹の筋が緊張して背骨が痛む」と言われる」のだから、わけがわからない。タバコをスパスパ吸う寅彦と、咳込んで痛がる寅彦が目の前にいるからだ。そこで当然ながら、森田は「そりゃあタバコは好くないでしょう、少しお止めになっては」と言った。そもそも咳込んでタバコを吸っても美味くないだろうし、その咳で体が痛むのならなおさら、と考えたからだろう。それに対して寅彦は、「こう寝てばかりいては、タバコでも喫《の》まなくちゃ遣り切れない」と言ったように、まるで「駄々っ児のような返事」であった。寅彦は甘い物やタバコのような自分の好むものに対してはこらえ性がなく、欲望に突き動かされてしまう傾向があるのだ。そして「それが満たされなければ死んだ方がまし」というのが口癖であった。そのことをよく心得ている森田は、まさに駄々っ子のような返事に「ある種の親しみと懐かしさを感じて嬉しかった」と書いている。「相変わらずの寺田寅彦だなー」という気持であったのだろう。

　寅彦の最期を看取った看護婦の飯田のぶ子さんの談話（『回想』）にも、病床にあった寅彦のタバコへの執着の様子が書かれている。最初のころ、飯田さんが夜中に目を覚ました時、寅彦は起きて独りで本を読んでいることもあれば、「時には電燈を暗くした室にポッカリと火を赤くして煙草をお吸いになっていました」ということもあった。寅彦は、病の床でアレコレ考えては寝られず、布団の中でタバコを吸っていたのだろう。確かに、真っ暗闇の中で、タバコの火を見つめながら大きく煙を吸い込み、続いて大きく吐き出すときの気分は何とも言えない爽快感がある。寅彦は、深刻な病気であることを意識しながら、タバコにしばしの心の安らぎを得ていたのだろうか。それとも、病状から先行きが長くないことを予感して、タバコを胸いっぱい吸い込むことで孤独な自分を愛おしんでいたのだろうか。

　このように、病床にあっても寅彦はタバコを手放すことができなかった。飯田さんの観測では、「煙草は大そうお上がりになりました。一日に四箱位もお吸い遊ばしました」というわけで、もはや病床に臥せるだけが仕事だから、手持無沙汰からタバコを吸うしかなかったのだろう。そして、火をつけて一口吸ってはすぐに消してしまう、また火をつけては一口だけ吸って消す、という繰り返しであったのではないかと想像する。そのため一日四箱も必要としたのだ。

　当時主治医として診察していたのは溝淵忠雄医師で、見守っている病人が同じ故郷土佐の幼馴染であるとともに敬愛する偉人の寺田寅彦であり、幼いころからのタバコ好きだと知っていた。そのためだろう、飯田さんが「先生（医者）も煙草は全然お止めなさいとは言いませんが、退屈の時位にしておけとおっしゃる」とだけ書いているように、厳しくタバコを禁じることができなかったらしい。寅彦も溝淵医師の足元を見ていたのだろう、「旦那様は殆んど無制限にお吸いになりました」という次第で、病気だからと寅彦にタバコを止めさせることは誰にもできなかったのである。

　ところが、「煙草を召上がると、喉が痛み、お咳が出て、お咳が出るとお腰やおみ足が痛むのです」というふうに、脇から見れば病体に差し障るのでハラハラする。しかし、「それでもお吸いになるのでした」という有様であった。タバコを吸いたいという気持があり、それで咳込んで体が痛んで後悔することになり、しかし痛みが少しでも薄らぐとまたタバコを吸いたくなる、そんな繰り返しであったのだろう。時には、「煙草に火をつけて少しお上がりになり、そのままよいお気持ちでうつらうつらとお休みになることも度々ございました。火がお手の傍まで行ってもご存知なく、うつらうつら遊ばしているのでございました」というふうに、つかの間の小康状態もあった。薬が効いて痛みが遠のき、タバコを胸いっぱい吸っても咳込まず、至福の時がたまに訪れることもあったのだ。そういう天国のような時間があったからこそ、いっそうタバコを止めることができなかったのだろう。

　体が痛みだすと、どうしても痛みをこらえることができなくなり、やがて終末期を迎えるようになった。一二月二五日ごろになるとうわ言を言うようになり、飯田さんに「君は誰だったね」と尋ねるようにもなった。意識は朦朧《もうろう》となり、誰彼の区別がつかなくなったのだ。しかし、そうなっても飯田さんが「半ば御意識が濁って来た頃も、煙草をお求めになる手つきを遊ばしました。それは二本の指を動かされるのです」と述べているように、寅彦のタバコに対する執念は衰えなかった。無意識のうちにタバコを求め、混濁した意識であってもタバコを手で求め続けたのである。「それで私がそこへ煙草を挟んで差し上げますと、お口へ持っておいでになります。火をつけて差し上げると、プカプカとお吸いになるのでした」という具合で、寅彦は死の直前であってもタバコがもたらす一瞬の悦楽を手放すことができなかったのである。「煙草はとうとうお亡くなりになる三日程前迄吸い続けられたのです」というわけで、寅彦は生涯タバコと縁を切ることなく、終生の友であったのだ。

　甘い物好き、コーヒー好き、タバコ好き、いずれも寅彦が生前縁を切ることをせず（切ることができず）、いずれも胃病の体にはよくないと医師から警告されながらも止める決心をすることができなかった。むしろ積極的に自らの意志を通す形で一生嗜好し続けたと言うべきだろう。やはり寅彦は「箱入り息子」の意識のまま、彼の人生を生きたのである。

第3章

癇癪持ちの寅彦

日本の暴力体質の伝統

寺田寅彦は一八七八年（明治一一年）生れで、彼が育った時代は男性優位社会であり、家父長制にどっぷり浸かっていた。そのような時代においては、男は強くあらねばならず、腕力を使ってでも自分の思い通りにする（させる）ことが普通であった。癇癪持ちの男が家長の場合、いつ癇癪を起こしはしないかと家族の者はびくびくしていたのである。癇癪が爆発すれば暴力を振るうことは当たり前で、現在のようにＤＶ（ドメスティック・バイオレンス、家庭内暴力）とわざわざ取り上げて言われることもなかった。家族のみならず、学校や剣術の修業のような場においては、暴力で家長や師匠の言うことに従わせるのは当然という時代であったのだ。

そう言えば、寅彦の師匠であった夏目漱石が鏡子《きょうこ》夫人に度々暴力を振るったことはよく知られている。漱石がロンドンに留学中に精神的ストレスが高まって神経症になった後遺症とされているが、それだけでもないと思う。というのは、鏡子夫人はお嬢様育ちで、宵っ張りの朝寝坊だったから、漱石が出かけることがわかっていても寝たままで朝食の準備もせず、料理が不得手で、占いや迷信に凝ったことから、漱石をイライラさせたことは確かであったからだ。おっとりした鏡子夫人だから思い通り動いてくれず、気難しい人間の漱石は自らを抑えきれずに、夫人（のみならず子どもたちにも）暴力を振るったのである。男性優位社会であり、家父長制が当たり前であったから、妻や子どもに暴力を振るうことには何の違和感・罪悪感も持たなかったのだろう。

　私の個人的な思い出では、小学生時代の先生が一日一回は白昼堂々と生徒の頬をぶん殴るのが常で、現在であればさしずめ暴力教師として追放されていることは確かである。当時（一九五〇年代）は戦後民主主義が高揚した時代であったのだが、教師集団には戦前の封建的体質が残っており、先生が暴力を振るうことに教師も保護者も違和感をもたず、当たり前として許容されていたのだ。民主的な教育を唱えながら、暴力で生徒の意志を抑え込む、そこに教師たちは矛盾を感じなかったのだろうか、と今から思えば不思議である。

　その先生の年齢は当時五〇歳くらいであったから明治生まれで、生徒の頬を殴ることは暴力ではなく愛のムチであり、熱心な指導者だとされたのであろう。その熱意がわからない生徒に対し腕力を振るって性根を叩き込むことは、むしろ推奨すべき行為であったのではないかと想像される。私は、この暴力教師に小学校の一～二年のときと五～六年のときの、全部で四年間受け持ってもらい、それぞれ何回かビンタの嵐を浴びたという記憶がある。実に悔しかったし、その屈辱感は今でも忘れない（だから、ここに書いている）。ただ、私は先生の眼に立たないよう要領よく振る舞う才覚はあったので、殴られた回数は同級生に比べると比較的少なかった。同じクラスのＯやＵは要領が悪く、一日に何回となくぶたれ、それが毎日の行事のようになっていた。それにも拘わらず、性懲りもなく毎日学校へ来ていたことに今更のように感心する。今なら、直ちに登校拒否・引き籠もりとなっているだろう。おそらく、当時の子どもたちには、テレビやゲームなどがなくて何も遊ぶものがなく、家に籠っても両親は仕事に忙しくて相手をしてくれず、そうかと言ってどこかへ行く当てもなかったから、学校へ行くしか他になかったのである。事実休むことなく毎日元気で学校に来ていた。そんな逞しさを備えているのが普通であると親たちは思い、本人たちもそれが当たり前と思い込んでいたためである。戦後六〜一〇年くらいの時期で、まだみんな貧しかったのだが、「貧しさに居直った逞しさがあった」と言うべきだろうか。

　わが家の父も明治人であったのだが、元来温厚である上、心臓弁膜症という難病持ちであったため、家庭で暴力を振るうことはなかった。若いころにはピアノを弾きバイオリンを演奏するという、当時としてはハイカラな男性であり、暴力体質とは縁がなかったのだ。その父は心臓病で私が満五歳の一九五〇年二月に四八歳で早世したから、私は暴力とは縁のない母子家庭に育った。お陰で私は何であれ暴力を忌避する人間となったのだが、先のように小学校教師の暴力に遭遇して、将来教師になろうという気持はすっかり萎えてしまった。後年、同年齢の友人に対し、暴力教師に怒りを抱いていた経験について話したとき、彼は教師や親父の暴力性に違和感はなく、件の教師を暴力教師として糾弾すべきだとも思っていなかった。やはり家庭内において暴力を拒否する気質を養っていないと、次の世代の人間も暴力に対して曖昧な気質を受け継いでしまうと思ったことであった。

また、入学した京都大学において、専門の仕事が高く評価されているだけでなく、大学運営において民主的であるとの評判が高かった某教授が、家庭内では癇癪を起こすとすぐに手が出てよく殴られたものだと、私とほぼ同年配であるその教授の息子から聞いたことがある。この教授も私の父と同年配の明治生まれで、そのような年代の人間として、家庭外では民主的であったのは稀有なことであったが、やはり家庭では暴力的な気質から逃れられなかったのである。大学では温厚で民主的、家庭では癇癪持ちで暴君という、一人の人間の二面的な人格がよく共存できたものと思う。漱石もそうであったのだろう。

私の個人的経験を長々と書き連ねたが、現在においても父親や教師（特にスポーツの教師や指導者）の暴力が未だに根絶できないのは、時代の風潮というよりも、家庭環境という閉ざされた空間での暴力容認の日本的伝統という点に原因があると言いたかったのである。甘やかして育てるとひ弱な人間にしかならず、何事も厳しく対処し、時には「愛のムチ」を振るうことによって芯がしっかりした人間に育て上げられる、との誤った観念に未だに捉われているためではないか。それが、現在ではＤＶやスポ根の弊害が強く言われるようになっているにも拘わらず、今なお暴力的体質を克服することができない理由だと思う。だから、どんな状況であっても、暴力に対する毅然とした態度こそが暴力を追放する根幹になることを肝に銘じておきたいものである。

寅彦の癇癪が破裂するとき

では、寺田寅彦は家庭内暴力といかなる関係であったのだろうか。誰もが口をそろえて寅彦は温厚な人物であり、子ども思いであったことを証言している。しかし、家庭内暴力については、夫人か子どもしか知らないから、それらの人間の証言がなければわからない。漱石の場合も、鏡子夫人の『漱石の思ひ出』や次男である夏目伸六の『父・夏目漱石』という著作があればこそ、日常の漱石の振る舞いがわかったのである。

寅彦の場合は、『回想』の「家庭に於ける寺田寅彦」が手掛かりになる。そこには、まず「家庭の内も自分の体もこういう具合（大正七、八年頃で寅彦の母亀と同居していて家の中には絶えず誰かが病気になっており、寅彦も胃や腸の調子が悪かったという状況）ですから、寺田は機嫌もあまりよくない、神経質でございました」とある。寅彦も神経質になっていて、癇癪を起こすこともあったらしいことが窺える。ところが、すぐそのころの寅彦の癇癪話に入るのではなく、「だんだんいろいろの事にねれて来て、それに晩年には体も丈夫になってめったに怒るなどという事はなくなり、自分では俗っぽくなったと申していました」と、晩年の寅彦はずいぶん角が取れて丸くなって、以前のように怒るというようなことはなくなったと、寅彦を庇《かば》う言葉が最初に出てくる。いつもそうではなかったのですよ、年取ってからの寅彦はそうではなかったのですよ、と誤解しないよう前以て釘を刺しているのである。

　そして「この時分はよく腹を立て、癇癪を起すと家のものをぶった事があります。あんな細いやせた腕に、よくもこんな力があると思われるような烈しい打ち方をしたものでした。怒る時も大きな声はいたしませんでした」と、声を出さずに黙ったまま、腕を振り上げたことを明かしている。やはり、温厚な寅彦と言えども、癇癪を起して奥さんをぶったのである。それも「よくこんな力があると思われるくらい烈しく」叩いたようで、癇癪の大きさや怒りの強さの程度が寅彦らしくなく激しかったこともわかる。

　それだけではなく、「又癇癪を起して火鉢から火箸をとると、畳へぎゅうっと押しつけたりした事があります」と、相手に暴力を振るうことは抑制し、火箸を畳に突き刺し通すような強い力で怒りを表現したこともあった、と述懐している。しかし、又そのすぐ後で、「自分でも晩年のようにおだやかになって、どんなにか仕合せだったろうと想像されます」と述べているように、又もや晩年はそんな風ではなくなったことを付け加えているのは、やはり寅彦を庇いたいためであろう。これだけしか寅彦の怒りの激しさについて述べていないので、正確なところはわからないが、晩年になるまでは癇癪を起して、何度か「激しい打ち方」をしたのではないかと思われる。そう思うのは、小宮豊隆が、家族の者のこの述懐を読み、また寅彦の行動をよく観察した上での感想を、『回想』の「序」で次のように書いているからである。

まず、「淋しがりやの寺田さん」であったのだが、「淋しがりやであるにも拘わらず、他人に対して過度の要求《アンシュプルッフ》を持つ事を、実に周到に慎んだ」と観察している。ここで小宮が言う「淋しがりや」とは、「孤独を好んだ」とか、「放っておいて欲しい」というような、独りでいることを自ら選んだという性格のことであろう。そんな寅彦ではあるが、同時に他人に対して「こうあって欲しい」というような要求を持つことを、それは自分勝手な要求かもしれないとして自分を制御していたのではないか、と見ているのである。その理由として、「他人に対して過度の要求を持ち得るには、寺田さんの頭脳と心臓とは、あまりにデリケートであり、あまりにサトル（繊細）であった」ためではないかと推測している。アレコレ相手の性格や気持を考えると要求を抑えてしまう、というわけだ。私たちも相手の心を慮ると、求めたくてもなかなか率直に言えないことがある。その結果として、「寺田さんは、一層淋しがらなければならなかったのである」と、淋しがる⇒相手に要求を持つ⇒自己抑制して求めない⇒一層淋しがる、という悪循環のサイクルに落ち込んで孤独感をさらに深めたのではないか、と寅彦の心中を慮っている。

しかし、「そうは言っても寺田さんは、ただ淋しがっている計りの弱虫ではなかった」と、それとはまた異なった、単純ではない寅彦の別の一面を紹介する。「寺田さんには烈烈たる負けじ魂と癇癪とがあった」という観察で、淋しがって自己抑制して孤独に浸っているばかりでなく、負けじ魂（競争心、反発力）と癇癪（憤怒心、爆発力）を内に秘めていたのではないか、と小宮は思うのである。その具体的表れが寅彦の科学への姿勢で、「寺田さんは、この負けじ魂と癇癪とを、自分の学問の中に導入して、専ら学者としての自分の生活に、驚くべき緊張を与えていたようである」と、寅彦の学問研究の原動力は負けじ魂と癇癪であったのではないかと推測する。

その証拠に、寅彦が小宮豊隆に「僕は自分の専門の方で、これぞと言って自慢になるような事を何一つしてはいないが」「然したった一つ安んじて言えることは、僕がこうだと見当をつけた事は、これまで決してはずれたことがなかったということだ」と言っている（『月報』）ことで、寅彦の自分の仕事についての強い自負心と負けじ魂を窺い知ることができる。帝国学士院恩賜賞をもらったくらいだから「何一つしてはいない」は自己《じこ》韜晦《とうかい》なのだが、それに続く

「はずれたことがなかった」というのが本音で、内面では自信に溢れていたのである。とかく自分（寅彦）の物理学の仕事に対する批判が聞こえてくるが、無責任に批判する者より自分は物理学においては成功している、との負けじ魂からの言であろう。見かけは淡々たる風貌で批判者のことなんか気にしない風情でありながら、内面にはふつふつと熱くたぎる学問への思いがあったのである。

そのことをよく知っていた小宮なのだが、さらにそれに留まらず、「それでもそれらのもの（負けじ魂と癇癪）は、寺田さんの日常生活の上で、劇しく爆発する事も屢《しばしば》あった」と、日常生活において別の形をとって「爆発」したのではないかと小宮は言う。その根拠として、「遺族の方方の話の中に、ある時期の寺田さんが非常な癇癪持ちで、どうかするとうちの者に手を当てていたという事が出ている」を挙げる。先に紹介した家族を激しく打ったこと、「火鉢から火箸をとるなり、ぐさりと畳へ突きさして、それをぎゅうぎゅう押しつけていた事もあったそうである」と書いている。また、小宮自身が寅彦から聞いたこととして、「寺田さん自身の口から、このごろ癇癪が起ってたまらない時には、食後自分の茶碗を持って食卓を離れ、知らん顔をして縁側に出て、それを沓脱石にこつりとぶつけて二つに破ってしまう事にしている、それでもいくらか癇癪が紛れるから妙なものだと、冗談めかした告白を聞いた事がある」と書いている。寅彦は人とのつきあいの中で癇癪を起して爆発しそうになる自分を抑え、自宅に戻って庭先で茶碗を壊すことで、込み上げてくる癇癪心から自分を解放してやっていたのだろうと推測している。

紳子との軋轢

正確な日付はわからないが、その直近の日付から推定すると一九二〇～二一年ごろに書いたと思われる寅彦の「手帳」の手記がある（『全集　第二十三巻』）。そこには、茶碗を壊すことについて誰にも言えない個人的な呟きを書き留めていて、

> 飯を食ってしまってから、その茶碗と皿とを砕いてしまう。この如くして、毎食事毎に茶碗と皿一枚ずつ砕いていく、これは随分不経済なはなしである。しかし、これ位の事で肝癪の虫が収まるとすると、随分安価なものである。これで悪妻から受ける苦痛を忘却して、仕事が出来て結果が上がって行くものなら実に安いものである。

とある。小宮の回想とよく一致していて、寅彦の癇癪解消法が茶碗（と皿）を壊すことにあ

ったことがよくわかるのだが、ここに読み飛ばせない言葉が出て来る。「悪妻から受ける苦痛」とあることで、寅彦は紳子夫人に対して口には出さない不満があったらしく、それが怒りの原因の一つであったと推測できる。

　寅彦が三番目の妻として酒井紳子と結婚したのは、一九一八年（大正七年）八月であった。彼女はあっさりしたというのか、物怖じせず気取らないさっぱりした女性で、寅彦にとって悪妻であったと言う人もいる。実は、寅彦が結婚後の一一月五日の日記に「夜眠られず、しんの古き日記見る」、翌日の六日に「夜しんの昔の手紙を読む」と記しており、寅彦は紳子に対して何かしら思うことがあったようである。それ以外には何も記されていないので勝手な憶測は避けるが、このような寅彦が紳子の日記や手紙を盗み見する行為、そして「悪妻」と「手帳」に書いていることから、彼が紳子に対し何か含むことがあったのではないかと思わざるを得ない。人は誰であれ一筋縄では理解できないのである。ましてや、寅彦のような、心の内外《うちそと》を率直に表すことをあまりしない人間はいっそう複雑なのだろう。

　その一例として、長男の寺田東一が『月報』の「弥生町の頃」に書いた、父が癇癪を起したときの思い出話を引用しておこう。「父が癇癪を起して、家の者がはらはらする様な事は余り無かったけれども、或日、出先から帰っていつもならば玄関からはいる所を、庭に廻り、縁先で靴を脱ぐなり靴下をビリビリと破り棄てたので、子供心に非常に怖ろしく思った事がある」

と書いていることだ。怖くて厳めしい表情で寅彦が帰宅するや、黙ったままつかつかと庭先に廻り、靴下を破り棄てた姿を目撃したのである。その時父の内面の怒りが生半可ではないことが子ども心にもわかったのだろう。寅彦らしく、秘めていた怒りを黙って爆発させた姿を、東一はおそらく唾を飲んで見つめていたに違いない。「声を荒らげて怒る様な事は無かった」とあるように、父がひと言も発しないだけに、よけい怒りの強さを感じたに違いない。

小宮は『回想』で「寺田さんは、決して人に過度の要求はしないとは言っても、うちの者には、自分が認めて正当とするだけの要求は持ったに違いないし、又その要求がいつまでたっても充たされない場合には、猛然として癇癪を起す事も、恐らく屢《しばしば》あったに違いないのである」と書いている。この文章で「恐らく屢あった」と書いているように、そんなこと（家族の者に暴力を振るうこと）が何回もあったのであろうと示唆している。その根拠は、一九二〇年一月九日付の寅彦からもらった手紙に「元日来の癇癪が、今度はどういうものか中々いつものように収まらないで、癇癪の範囲が段々段々外の方面へ迄も蔓延していくばかりで、それがために頭の中が一杯になってご無沙汰していた」とあったことである。寅彦本人が「癇癪が収まらない」と述べており、「外の方面へ迄も蔓延」と書いてはいるが、家庭外では自己を抑制していた寅彦だから、家庭内で癇癪を破裂させることが「屢あった」と想像するのは当然ではないだろうか。

その心情に自分の感情を重ね合わせるあまり、小宮は家族の者に手を上げることを万《ばん》やむを得ないとしている。家庭内暴力を当たり前のように受け入れているのである。小宮も、やはり明治人であるためだろう。小宮は、少し後ろの文章で「休養する為の家庭が、ある時ある場合、自分にどうしても休養を許さないものになるとすれば、寺田さんは、外から持って来た癇癪を、家庭で爆発させるような事も、決してなかったとは言えないのである」と書いているのは、先の寅彦の手記や手紙を念頭においているためではないか。庭先で茶碗や皿を割るのも爆発であるからだ。続く文章に「晩年うちではあまり癇癪を起さなくなったという」と紳子さんの文章を引いているが、言い換えれば、若いころの寅彦は度々家庭の者に癇癪を起こしたらしいことを暗示しているのではないだろうか。

病床での癇癪

晩年にはあまり癇癪を起こすことがなくなったが、最後の病床に就いたときにはさすがに気が短くなって、家族の者にあたるようになっていた。病気で体の動きが不自由になって、自分の思うように家族や周囲の人間が動いてくれないので、イライラした気分が短気な行動に現れたのだろう。その意味では、若いころの癇癪に起因するような暴力ではなく、苛立った感情からつい荒っぽくなってしまったのだ。そのことは本人も自覚していて、九月一六日付の松根東洋城宛の手紙では「からだが不自由だと癇シャクが起って困る」、九月二七日の理研の寺田研究室のメンバーには「中気爺さん癇癪を起すので、家内震駭《しんがい》の状態であります」、一〇月六日付の長谷川千秋宛に「からだが不自由だとカンシャクばかり起こって、うちの奴らをなぐり飛ばしたい衝動を感じて困る」と書いているからだ。このように手紙に書くということ（癇シャク、癇癪、カンシャクの三通りの書き方をしている）は、まだ客観的に自分を見ていて自分を制御していると推測できる。体の痛みに悩まされつつも、まだ動ける間はついイライラして癇癪を起こしてしまい、すぐに反省して言い訳するのを繰り返す、「さもありなん」の光景である。

実際に、癇癪を起こした例は、家族の者が『回想』に書いているように、「病気になり始め頃に、（寅彦が）二階でいくら呼んでも来ないので、しまいにステッキで縁側をたたいていた」とあることである。家族の者を声を出して何度呼んでも誰も来ないので、ついに業を煮やしてステッキで縁側をバンバン叩いたのだ。恐らく、近所にも聞こえるくらい大きな音であったに違いない。

実は、このことを寅彦の最後の随想集『橡《とち》の実』（死後の一九三六年三月刊）に所収した「短章その二」のなかに「無題（一一六）」として、寅彦自身が既に書いていた（おそらく一九三五年一〇月ごろの執筆）。そこには「からだの自由に動かせない病気で十日も寝ていると無闇に癇癪が起こって面白い」と本人は、事後のことなので、紙の上では面白がって書いている。「今朝は呼鈴のコードを手近に置くべきのを誰かが遠くに押しのけてあったので、大声でオーイオーイと呼んだが階下にいる五人の誰にも聞こえない。臥床《ふしど》の脇に置いてあるステッキでやけに障子や敷居をたたいて呼んでもまだ聞こえない。障子と敷居をいい加減疵《きず》だらけにした頃に、細君が上がって来た。「お隣に大工さんが来て仕事しているのだと思った」そうである」とあり、寺彦は怒り心頭であるが、家人は平気な顔つきで他人事のようであった。そのような行き違いがあった場合は、いっそう怒りが募るもので、その時の寅彦の怒りはいかほどであったろうか。

　寅彦が亡くなる前に書いたものだから、それを読んだ読者には、家族の者がちゃんと寅彦の面倒を見ていなかったのだろうかと思われかねない、そのため外聞が悪く受け取られたと思ったに違いない、紳子夫人は「あれは如何にも家の者が不注意に違いありませんし、大変聞こえが悪いことで閉口ですが、下にいると全くよくきこえませんし、又大工でしょうと言ったのは傍にいた他の人が申したのです」と言い訳している。しかし、「それをああいう風に（本人に）書かれてしまいました」と、家族の者にとっては痛恨の極みであったことだろう。

　先の寅彦の文章では、以下のような経緯があったらしい。亡き友人のK君が手術して一時的に失明したことがあったのだが、寅彦が見舞いに行ったとき「癇癪が起こりはしないか」と聞いたという。そのときK君は、「それどころか反対に一生懸命細君にもその他の家族にも従順にして、機嫌を損ねないようにしているという」のである。「どうしてかと聞くと、もしや今家族に見放されたら大変だという気がして、自然にそうなるのだ」というのがK君の返事である。そのことを頭に浮かべつつも寅彦が癇癪を起したのは、「結局、病気が大した事でないという潜在的な自覚から、いくらやんちゃを言っても家族が大丈夫、遁《に》げ出さないという自負心を獲得しているせいかもしれない」と、負け惜しみに似た気持を語っている。自分の病気が大したものではないと思っているからこそ、かえって自分は癇癪を起したのだと都合よく解釈しているのである。その時は、まだそう言えるだけ元気であったのだ。

　やがて、病気がどんどん進行し、寅彦は耐えがたい痛みを感じるようになった。最後の二ヵ月余りを付きっ切りで看護した飯田のぶ子の述懐で、「旦那様のお苦しみになったような苦しみは、私は滅多に見た事はございません」と言うほど、終末期の看護体験が豊富な飯田さんから見ても寅彦の痛みと苦しみはひどかったようである。「お見舞いのお方に「痛い時は泣く」と、旦那様が御自分で仰っているのを傍でお聞きした事がありますが、それは本当でございます。時々は男泣きにお泣きになりました。涙をお流しになって、耐えられないという泣き方を遊ばすのでした」という具合で、寅彦にとっては涙を他人に見せても恥を感じないくらい地獄の苦しみであったのだろう。
「こんな具合ですから、大変御辛抱強い旦那様でも、時々は癇癪を起されることもありました」と、痛みに耐えかねて怒りっぽくなり、周囲の人間に当たり散らしたのである。「おみ足の位置がうまく行かないので、私が一生懸命お直しするのですが、それでも思うようにまいりませんと、お怒りになりました」と、最初のころは看護婦に強く当たった。布団の位置や体の向きなどを指示して動かそうとするが、思う通りにならず、つい強い言葉で叱ってしまうのだ。むろん、これは誰にでもあることで、病人の追い詰められたようなイライラした気持を考えれば無理ないことである。

そしてついに、「夜余りお痛みが烈しいので奥様をお起こしになって、おあたりになった事もございました」と、痛みの辛さのためにわざわざ寝ている妻の紳子を起こして来るよう命じ、やって来た紳子さんに「おあたり」になったのである。病人の弱った体で、ますます細くやつれた腕の寅彦であったから、奥さんの胸を弱々しく小突く程度であっただろう。小さな子どもが母に甘えている姿に近いかもしれない。だから、これは暴力とは言えず、助けて欲しいとの哀願の表現とも言える。「そうして後で旦那様は悪かったとお言いになるのでした」と、体調が回復するや直ちに謝る寅彦だから、自分を省みるだけの理性をまだ残していたのである。

と、寅彦が癇癪を破裂させたときの様子をたどってみたが、男々した姿ではなく、自己抑制しながら、抑制し切れないところで小さな癇癪の爆発を起こしたというのが正確なところだろう。その意味では、寅彦の家庭内暴力をわざわざ取り上げるまでもなかったかもしれないが、やはり「ふだん着」の寅彦の知られざる一面として書いておく意味があると考えた次第である。

第4章

心配性の寅彦

寅彦のダブルスタンダード

寅彦は、子どもたちのこととなると、あらゆることが心配になる。子どもが病気になると、念入りに熱を測り、医者の手配をし、病人に付き添って病状の変化を監視する。子どもがどこか出かける時には、どこへ行くか、目的、連絡先と連絡方法、帰宅時間をちゃんと申告させ、大人になるにつれ子どもたちが守らなくなると、帰宅してから、それができない場合は手紙で、延々と行先で病気になったらどう連絡するのか、こちらはどう対処すればいいのかわからないではないか、と説教するのである。寅彦は、子どもたちの行動で常に最悪の事態が起こると考え、そのようなことが起こっても問題が大きくならないよう、予め的確に手を打っておくことが親の務めであると思い込んでいたからだ。そのような最悪の事態は滅多に起こらないから、子どもたちが成長するとともに心配する必要がなくなるはずなのに、寅彦は子どもがいくつになっても、性懲りもなくアレコレとワースト（最悪）の状況を想像してしまい、ひと言口を挟まないと気が済まないのである。気配りと言えば気配りだが、想像過多（考えすぎ）であり、老爺心が甚だしいと言わざるを得ない。

むろん、それは子どもたちが、素直にスクスクと育つよう、悪弊に染まらないよう、将来に困らないよう、災難に遭わないよう、との親心からのものであることは確かである。と同時に、男は強くあるべき、女はおとなしく引っ込んでいるべき、そのためには注意を与えなければならないとの家父長的心情があったし、保守的な伝統的先入観（家意識、男女観、日本的道徳観など）もあった。それらを子どもたちに教えねばならないと思い込んでいて、機会があれば子どもたち一人一人に時間をかけて話し込んでいた。子どもたちはこれを「お父様の説教」と呼んでいたようである。

寅彦は、時々、日記に子どもたちに説教したことを書き留めていて、例えば、一九二一年三月一三日「正二附属中学へ成績を見に行く、不合格なり、あまり平気故小言を言う」、一一月五日「正二、甚だしく不成績の由、しんをして説諭せしむ」、一九三〇年一月一九日「夜遅く帰りし東一に少し勉強するよう注意を与う」など、子どもが小さいころから成人するまで口うるさかった。貞子・弥生・雪子へも説教をしたのだろうが、そのことはあまり日記には書いておらず、一番多いのは正二に対する説教である。右の「しんをして説諭せしむ」とあるのは、寅彦が何度言っても効き目がないので、代わって紳子に説教させることにしたのかもしれない。やんちゃで落ち着きがなく、勉強について努力しない正二を、苦労させる奴だと思っていたのだろう。これに対して、東一には止むに止まれず説教するという感じで、東一は正二ほど奔放な性格ではなく、慎重で真面目で問題をそう起こさなかったこともあるが、やはり総領息子であることを意識して、寅彦は東一に干渉することを控えていたように感じる。二人の息子ではあっても、長男の東一と次男の正二への扱い方は異なっており、第一のダブルスタンダードが窺えるのだ。

また寅彦は女性にはあまり厳しく当たらなかった。第8章で女性科学者の育成に理解を示さなかったことを述べるが、女性の能力を評価する視点を持たず、女性は結婚して家に収まるのがいいと思っていたのである。男性と女性に対する明らかな見方の差があり、第二のダブルスタンダードがあったと言わざるを得ない。

人には、楽観派と悲観派という二種類あり、楽観派は何事でもプラス（自分の望む方、ギャンブルなら勝つ方、危険が予想されても必ず克服できると考える方）へ動くと思うのに対し、悲観派は何事でもマイナス（自分が望まない方、ギャンブルなら負ける方、危険が予想されれば必ず遭難すると考える方）になると思ってしまう。さて人間が厳しい生存競争を勝ち抜いて進化してこられたのは、「何事も巧く行くさ」とあっけらかんと思う楽観派的要素が強かったためなのか、「何事も巧く行くはずがないから用心しなくちゃ」と気を配る悲観派的要素が強かったためなのか、さていずれなのだろうか。どちらの人間も生き残っているから、このような側面は人間の生き残りに関係なかったのかもしれないのだが。この分類では、寅彦は悲観派の頭目のような人間で、何事もワーストからの発想の持ち主であった。そのことはよく自覚していて、一九三二年八月三〇日の中谷宇吉郎宛の手紙に、「僕はご承知の通り、大抵ウォースト（ワースト）ケースを想像する癖なので」と書いている。何かコトがあると最悪の結果を考えてしまい、子どもたちが何かをしようとすると最悪の事態が発生するのではないかと心配になってしまうのである。

しかし、不思議なのは、このような心配過多症の発想をなぜ自分には適用しなかったのか、ということである。甘い物好きで砂糖や甘い菓子を食べ続けた結果、四〇歳頃には歯がボロボロになって総入れ歯にせざるを得ず、胃にも悪い効果をもたらした。胃潰瘍になった原因の一つは甘い物を過度に食べたワーストの結果だと思わなかったのだろうか。タバコが止められなかったのも同じことで、死を迎える三日前までタバコを吸い続けた。タバコを多く吸っていると口の中が苦くなり、食欲が落ち、胃液が逆流するようなことも起こり、タバコの害が今日ほど明らかにされてはいなかった当時であっても、やはり体に良くないと感じていたはずだが、それでも止めなかった。体中がガンに蝕まれたと知った時、タバコがワーストの結果をもたらしたと思わなかったのだろうか。

寅彦は、「甘い物やタバコを禁じられるくらいなら死んだ方がましだ」と常に言っていたから、ワーストの結果で病を得てからも止める決心がつかず、自分に対しては厳しさを欠いていたと言える。自分は頑健であるという根拠なき自信があり、ワーストの予想は自分には適用できないと思っていたためかもしれない。いずれにしろ、子どもたちに対してはワーストの状況を考えて過保護になり、自分に対してはワーストの事態を発想しないというのが第三のダブルスタンダードである。それは、寅彦が「箱入り息子」であったためかもしれない。自分は並みの人間とは別、との意識が強かったのだ。

ダブルスタンダードと言えば、医者や病気に対する態度もそうである。子どもたちに少しでも病気の兆候があると、すぐに医師を呼んで診察してもらったり入院させたりし、口うるさく医者の言うことを聞いて病気治療に専念するよう説教している。ところが、自分が病気になった時、痛みを辛抱してなかなか医師の厄介にならず、研究室で喀血したり、倒れたりして漸く入院する始末である。検便を続けていても、陽性から陰性に転じると直ちに検便を中止して、腸に悪い肉や鰻を食する始末で、第6章に述べるように、自分は「医師と医学を信用していない」と公言する。明らかに、医者や病気について、子どもたちと自分への基準が異なるのである。

むろん、世の親は一般に自分に対しては甘く、子どもたちには厳しいというのが普通だから、寅彦が特に例外であったと言うつもりはない。しかし、客観的に物事を見る訓練ができている科学者なら、自分の行動・行為がフェアではないと気付くはずだが、寅彦はこの点では科学者ではなく平凡な親であった。子どもたちに対しては、上からの目線で見て指図を与えようとし、自分に対しては別格だとしていたのである。その点では、寅彦は人間的であったと言うべきかもしれない。さまざまな事象について彼は科学的な観点を貫いたが、自分の身体に関しては非科学的な対応に終始したという意味でダブルスタンダードであったのだ。

以下では、五人の子どもたちとの遣り取りから浮かび上がる寅彦像をまとめてみる。寅彦の行動には、右に述べた三つのダブルスタンダードが背景にあることが浮かび上がってくるだろう。ついワーストの事態を考えてしまうというような心配性の寅彦であったのだが、子どもたちは、若い頃は「口うるさく厄介な親爺だ」と煩わしく思い、年を取るに従い「いつまでもありがたい親爺だ」ということになったのではないかと想像される。そう考えると、いい親子関係が結べたと言えるのかもしれない。

寅彦と子どもたちの間の親子関係

ここでは、子どもたちから見た寅彦に対する思いを書いた文章と、子どもたち宛てに書いた寅彦の手紙を引用しつつ、子どもたちと寅彦の間に成立した親子関係をたどることにしよう。

五人の子どもたち（貞子、東一、正二、弥生、雪子）には、当然ながらそれぞれ個性があり、寅彦の各人への接し方（ものの言い方）も異なっているから、一人ずつ取り上げていくことにしよう。

①貞子の場合

貞子は、最初の妻夏子が遺した忘れ形見で（一九〇一年生れ）、幼いころは寅彦の両親（利正・亀夫婦）と暮らし、利正が一九一三年（大正二年）に亡くなった後は、亀とともに翌年の一四年から寅彦と同居するようになった。貞子が赤ん坊の時代から一三歳になるまで二人は別々に暮らしてきたためか、寅彦にも、貞子にも、互いに少し遠慮し合うような雰囲気がある。貞子が一九二四年に森博通と結婚して信州に住むようになり、一子博芳を二六年に得たが、三〇年に病気のために夫を失っている。薄幸と言うべきだが、夏子と寅彦を結ぶ人間として思い出多い人生を送り、一九八三年まで長寿を全うした。

一九〇九年（明治四二年）五月から寅彦がドイツに留学したのだが、八月にベルリンから、可愛い少女が猫を抱いた図柄の絵葉書に、「てがみを　ありがとう。また　ときどき　てがみを　おくって　ちょうだい」（原文はカタカナ）と書き送り、一〇月には「そくさいで　まいにち　がっこうへ　いきよるかよ」（カタカナ）と砕けた土佐弁で書いている。寅彦は、外国へ行って貞子のことが気がかりであったのだろう、アレコレ子どもが気に入るような絵葉書を選び、書き送っている。

貞子はいつごろのことか書いていないが、その手記「『団栗』の頃」（一九四九年）の中で、「ある時、祖母が買ってくれた漫画の本を見ておりましたが、それはそのころ、いわゆるポンチ絵と言われていて非常に俗悪なものだったので、父が見つけて、こういうものを子供に見せる事の害について、祖母にいろいろと小言を申しましたのを記憶しております」と書いている。寅彦は「有害雑誌」を子どもの教育に悪いと、早くも貞子がまだ幼いころに厳しく取り締まっていたのである。「縁日の見世物でも、猿芝居や、犬の曲芸などは見せてくれましたが、醜悪な不具者の見世物等は、やわらかい子供の頭を傷めるからと申して、見ることを禁じられました」と、不具の体を見世物にすることは陰険で厭なもので、やはり子どもに見ることを禁じている。「情操教育」に悪いというわけなのだろう。心配性であった寅彦の「教育パパ」ぶりが想像されてつい笑ってしまう。

貞子が東京に来る一九一四年の夏、寅彦は貞子（と亀）を引き取りに高知にやってきた。その旅の途中、吉野川沿いの小さな町に泊まったのだが、貞子は夕食の鶏鍋を厭だと言って食べなかった。その時寅彦は、貞子の好き嫌いが多いのを簡単に認めてしまう母親の亀に向かって、「こんなに好き嫌いがあっては困る。（略）一体、好き嫌いなどというものは殆ど我儘からで、お母さんがあんまり甘やかすからこんな事になる。無理に食べると吐いてしまって身体に受け付けないというのが本当に嫌いなので、貞子のは我儘だから直せば治る。腹さえへれば何でもうまくなるよ」と、くどくどと言ったそうである。母に文句を言いつつ、貞子にも応えるように説教しているのだ。

貞子は、「よく父に小言を言われましたが、父の小言の場合は頭ごなしにガミガミというような事は滅多になく、何か遠回しに、聞きようによっては皮肉ともとれるような言い方をしたり、又時には諄々と説いてきかせるという方で」と、寅彦は自分でも内容を吟味しつつ、じっくり時間をかけて説教したのだろう。「子どもたち一人ずつ別室に呼ばれて一時間も聞かされるというような事がありました」という次第であったからだ。「私共はこれを「お父様の御説教」と呼んでおりました」とあるから、寅彦から呼び出された子どもは首をすくめて、「御説教」を聞かされるために寅彦の部屋のドアを渋々ノックしたであろうことが想像される。

貞子の女学校時代（一九二四年ごろか?）、「イントレランス」という映画が上映され、友だち皆が見て話をしているのを羨ましく思い、自分も見たいと言ったが父が許してくれない。それで泣いて騒いだら父も我を折って、祖母（寅彦の母）の付添という条件で許したという。「不寛容」を賞賛するような映画を見て娘が感化されてはいけないと、寅彦は取り越し苦労したのだろう。また「その頃流行していた髪を七三に分けることを私もしたかったのですが、父はそんな女優のような髪を女学生がするものではないと言って反対でした」と断髪に反対し、「音楽をやったり、食べるものなど新しがっても、お父さんの頭の中は古臭いと考えたことがあります」とあるから、輸入音楽や西洋料理などにもアレコレ口を出して反対していたことがわかる。寅彦は純日本的女性像を娘（たち）に求めていたのである。もっとも、娘たちは父親に黙ってやってしまうようになり、寅彦は「言うことを聞かぬから仕方がないとこぼしていました」と言われている。貞子が述懐する通り、晩年になるにつれ寅彦は寛容になっていった（もう制御できぬと諦めた？）らしい。

　貞子の母夏子にかこつけて、寅彦は「お前の母は感情の強い人だったが、お前も少し似ているところがある。注意しなければいかん」とたしなめたそうで、女性がはっきり自分の気持を述べることを、「感情の強い人」という言い方をして嫌がったのである。だから、大きな声でしゃべる方であった貞子に対して、「女がそんな大声で話すものではないといって叱られたことが度々あります」とあるように、寅彦は伝統的なしとやかな女性が理想であったのだ。

　面白いのは、貞子が結婚する時、「私からのお祝いだと言って、小さな秤、巻尺、造花の籠、家庭薬の入った容器とを呉れました」ということだ。まさに判じ物で、「物の軽量大小長短を誤ることのないようにという注意を籠めて、秤と巻き尺を呉れ、花のようにいつも美しい心持で暮らすようにとの意味で造花を」贈ってくれたのであった。家庭薬は緊急の病気の場合の応急手当のためとわかるのだが、寅彦は嫁に行ってから「気分の少しくらい悪い時などがあっても、自由に勝手に医者などへ行けなかったとき、この薬を用いよ」と言ったそうである。体調が悪いけれど婚家先に遠慮して病院に行けないこともあろう、そんな時の用心のためとは心配性の寅彦の面目躍如である。当時は嫁の立場が弱かったことが窺われ、寅彦はそのことを承知していたのだろう。家制度の下では仕方がないと思っていたのかもしれない。

　こんなエピソードがある。弥生と雪子が母に連れられて信州の貞子の所に遊びに来て、二人は泊まって母だけが帰ったことがあった。翌朝早く女中が迎えに来て、寅彦が大変怒っていると言う。「子どもが他所へ泊まった、それも姉の家へ泊まったというのに、もう何だか心配で仕方がなかったのでしょう」と、長女の貞子の家であっても、子どもたちだけが外泊することに寅彦は心配で心配でならなかったのだ。

　もう一つ、これは正二のことで寅彦が怒った話である。貞子がたまたま実家に帰った時、父が正二を捕まえて話していた最中であった。「何でも正二が自由ヶ丘の方のアパートへ移って住むという事を憤慨している」のであった。その理由は、「何も自由ヶ丘などという遠いところへ下宿する必要はない。もし、そんな不便なところに暮らしていて、わたしが急病にでもなったら、すぐ来て貰う事もできないではないか、下宿するのもいいが、自由ヶ丘でなくてはいかんなどというのは怪しからん。自分にちょっと相談してくれれば近くていいところをいくらでも探してあげる」というものであった。「自分が急病になってもすぐに見舞いに来られないではないか」と言っているが、本心は「正二が急病になった時、すぐ行けないではないか」と言いたかったのではないかと思う。しかし、それでは心配性であることを露骨に言う事になるので控えたのではないか（そのことは正二の項で述べる）。要するに、息子を自分が差配できる範囲内にいるようにしたいのである。滑稽なのは、「正二を前に置いて、ねえお前そうだろう、と私に同意を求めました」と、目の前にいる正二に直接説教するのではなく、傍の貞子に向かって言っていることである。もう大人になっている正二相手だから、怒っている姿を見せるのは極まりが悪かったのだろうか。

②東一の場合

息子の東一は、二番目の妻の寛子が産んだ最初の子どもである。一九〇七年（明治四〇年、寅彦二九歳）一月一五日生まれで、東一と名付けたのは、東京生まれの最初の子どもという意味らしい。その年の日記は残されていないので、どのような私的感想を持ったのかわからない。書簡でも、一月二一日付の高知の川島猪之助宛のハガキで、「扨《さ》て、寛子事、去る一五日無事分娩、男子出生、爾後の経過も宜しく候こと乍《ながら》の段、左様ご安心つかまつりくださりたく候。東一と命名致しこと、左様ご承知相願いたく候」と伝えているものしかない。

寅彦が二年間の留学時代を除いてずっと東一と一緒に暮らし、一九二四年に東一が第一高校に入学して寮に住むようになってから別々に暮らすようになった。その後、東一は一九二七年東京帝国大学物理学科に入学してまた一緒に暮らし、一九三二年に大学卒業後北海道帝国大学理学部助手（中谷宇吉郎の研究室）となって東京を離れて、一九三五年に北大講師になった年に寅彦が亡くなった。その後、学習院大学教授を歴任し一九八〇年に七三歳で他界している。

寅彦は、長男である東一を一人前に扱おうとする気持が強かったに違いない。他の子どもたちへの態度に比べると、東一を立てようとする姿勢がよく見えるからだ。例えば、東一が誕生した翌年、おそらく息子のお披露目のためだろう、新年に郷里へ東一を連れて戻っており、一月一日の日記には「東一にも雑煮を嘗《な》めさせる」と一人前扱いである。二八日「東一、椅子につかまりて立ち室内を歩きまわる」、二月一六日「今日、東一の誕生の祝として萩の餅を作る」、一九日「東一初めて一間半位歩行す」と、子どもが成長する過程を愛しく記述しているのは、普通の親と変わりはない。その後も東一の所作を短く記録している（「東一、花をンナと云う」、「東一、手風琴を鳴らし大に喜ぶ」、「東一、五線譜を見て「ブーブー」という。絵本の金魚を「トンキ」という。パックの挿画を見て、絵の人の姿勢を真似する」等々）。このような日記の記述は、その後に生まれた子どもたちについては見られないことである。それは寛子との間の最初の子どもであり、家を継ぐべき待望の男の子であるためであろう。

特に、同じ息子同士でありながら長男の東一と次男の正二との対応の差は大きい（正二については次項で見る）。一般に、上の子ども（長男や長女）は大事に育てられることもあって、せかせかせず、お人好しで競争心も薄い。慎重派で、世間知らずで、じっくり構えて付和雷同しないという良いところがあるのだが、「総領の甚六」と言われるようにおっとりしているため愚か者と見做されることもある。それに比べて下の子ども（次男次女以下）の場合、親は子どもの育て方がわかったためあまり干渉せず、本人は自分の兄や姉の行動をよく観察して同じ失敗をせず、親との関係も叱られないよう要領よく立ち回り、自分の思い通り物事を進めたがるという傾向がある。そのため、後先をあまり考えないことを含めて何事にも積極的で、物怖じせず冒険をしたがる。本人の生まれつきの性格と親の接触のし方の差の両側面が影響していると言えるだろう。後で見るように、このことは姉の弥生と妹の雪子の間にも適用できるのは興味深い。

寅彦が東一に寺田家の総領となる人間であるべきと自覚を促した手紙がある。東一が東大の学生であった一九二八年八月一日付で、房州の千倉《ちくら》に滞在している雪子が金谷に行きたいというので、東一が千倉に雪子を迎えに行ってから金谷まで付いていくよう東京で頼んだ手紙である。この手紙が書かれた経緯は、寅彦が正二・弥生・雪子を七月二五日に千倉に連れて行ってすぐに東京に戻ったのだが、雪子は何かの都合（我儘？）で金谷に行きたいと言い出したことが発端らしい。東一は千倉に行くのは、もう少し後と決めていて東京でブラブラしていたのだが（七月三一日の中谷宛の手紙で寅彦は「東一は厭世だか神ケイだか、兎に角学校がいやになって怠けて居ます」と書いている）、雪子を独りで行かせるのは心配だからと、寅彦は東一に送って行くよう頼んだのである。

手紙では、まず「雪子の金谷行きは、やはり誰かついて行ってやる方が宜しきかと思います。迷惑でしょうがたまには妹達のために、いい兄さん、ありがたい兄さんになって御やりになるのも悪くはないでしょう」と、雪子のことが心配で送り届けるよう頼んでいる。「いい兄さん、ありがたい兄さん」になってやってくれ、というわけだ。「行き違いの場合に備える為には、始め先方の家を突きとめておけば大丈夫でしょう」と、道に迷わないよう心配までしている。

これが手紙を書いた直接の動機なのだが、手紙の本来の目的は別にあり、だんだんと言いたいことを書いていく。「実際、千倉行は東一には迷惑だろうと察して居ります。しかし考えてみると、東一は今まで「つとめる」ということをやった経験が余りになさ過ぎるようにも思われるから、今度のような事も決して悪い経験ではないかと思います」と、もう大人なのだから面倒な事であっても「つとめる」ということが大事であると説くのである。さらに、このことを一般化して「吾々には世の中へ出たが最後、自分では余りやりたくない事も人の為に年中やり続けなければならない」と、いずれ世の中に出ると厭でも仕事を持たねばならなくなると話を拡大していく。「そういう時に、いやだいやだと思って年中不平顔をして居る人は、生存競争の劣敗者となる外はありません。これと反対に、如何なる仕事にでも、自分の自由意志の力で興味と意義とを発見して、主動的積極的に進む事は不可能ではありません」と、二通りの生き方があることを、もう子どもではないのだから百も承知していることだろうが、「唯、この真理が自分の手近なところにあることに気がつかないかもしれないと思うから申し上げます」と書く。この機会に自分が言いたいことを言っておこうというわけだ。

　寅彦は、「これは東一に限ったことでなく、正二でも弥生・雪子でもみんな、まだ「つとめる」ということの愉快さを知らない」と、子どもの時代には気付かないのだが、「つとめる」ことは本当は素晴らしいことだ、と言いたいのである。「人の為に労苦を費すということを屈辱であるかの如く考えるのですが、そう思うのがむしろ自屈であって、ひとたびこれが主動的になると、同じことが pride であり、自分を高くする所以であります。人のために尽してやる事の愉快を体験しなければなりません」と、人のために労苦を尽くす（「つとめる」ということ）を積極的に行うようになれば、それが誇りとなり、また喜びとなるということを力説する。それに反して、「あまりに selfish（利己的）では結局自滅の外はない。こういうことは、現在手近なところで修養しなければ、他日世に出たときに急には出来ない事であります」と人生論を開陳し、雪子の面倒を見るのも「つとめる」ことの一つで、まだ社会に出る前にそのような労苦も味わっておくのがよいというわけだ。

　たかが雪子を千倉から金谷へ送っていくのを頼むだけなのに、何だか大げさなことを言っているようだが、実は寅彦にはもっと言いたいことがあるのである。そこで、とりあえず「雪子の我儘を咎めないで、東一にばかり説教するようですが、雪子には又別の機会に話します。今では、却ってその時ではないと思われます」と、まず雪子と東一への対処が異なっていることを今は問題にしないでおく、と断っている。

　言いたいことの本命は、次の言葉に凝縮されている。「兎も角も、東一は将来寺田の家の主長として三人の弟妹の相談柱ともなり、皆の為に面倒をみてやり、皆の為を計ってやるべき地位にあると思います。そういう自分の地位を自覚すれば、弟妹の我儘に対しても、もう少しちがった心持で対することが出来はしないか、たとい弟妹がどんなに我儘を云っても、どんなに憎らしい口をきいても、それを寛容な心持で包容して、そして可愛がる心持を懐けないものであろうか」ということである。寅彦としては、この機会を利用して、東一は総領息子であり、寺田家の将来を背負う立場であることをしっかりと自覚させ、弟妹にはその心構えで接して欲しい、と言いたかったのだ。家制度が確固として続いていた時代であり、寅彦は、このことをいつか東一に言わねばならない、東一がその覚悟を持つよう性根を叩き込んでおきたい、と考えていたに違いない。いい機会がやってきたというわけである。

最後は、「人を愛する心がなくては人から愛せられることは六かしい。人を愛することが出来ない程不幸なことはないと思います。何よりも、自分に一番近いものを愛することが出来なくては、本当の意味での人間愛は成立しないでしょう。どうか、東一自身の生涯の幸福のために妹達を可愛がり、そうして妹達から敬愛されるようになる事を祈ります」とあって、臆面もなく「人を愛する」という心情に訴えている。「つとめる」こと、「寺田の家の主長」、そして「人を愛する」と持って回った言い方をしているが、その本心は「総領息子に因果を含めたい」ということなのである。

同じ八月一日付の、千倉にいる弥生様・雪子様とある手紙には「雪子の金谷行きは、東一に一緒に行ってもらうように父さんから懇願してやります、命令ではありません。可愛いい妹達の為に甘んじて護衛に行くことによって、本当の自己を見出すという六かしい哲学的研究のためにすすめてやります。これは笑談ではありません」と書いている。「命令」ではなく「懇願」であり、甘んじて護衛することで本当の自己を見出す、そして「哲学的研究のため」と、当時一六歳であった弥生、一三歳であった雪子にとっては、少々むつかしい言葉を並べている。寅彦はまず、この弥生・雪子宛の手紙を書いて自分自身を奮い立たせてから、続いて東一宛の手紙を書いたのではないかと思う（その後、八月二二日付の手紙まで、子どもたちに宛てた手紙をいくつか書いているが、それは又後で取り上げる）。

一九三二年に東一が北大の中谷宇吉郎研究室の助手となり、十勝岳などでの雪の研究をするようになってからは、寅彦から東一宛の手紙は研究の進み具合などを温厚に尋ね、親戚の消息を知らせるものが多くなっている。東一が一人前の研究者となったことから、対等な科学者として遇し、寺田家の後継者であることを自覚させる態度を貫こうとしたと考えられる。東一を応援するためもあったのだろう、旅行嫌いの寅彦が、珍しくこの年の一〇月に札幌まで出かけて集中講義を行っている。

一九三四年二月四日の手紙で、親戚である別役家の娘の富美子が小樽拓殖銀行の行員七条鋼太郎と結婚して小樽に住むようになったことを告げ、「とにかく、親類が一人でも近くに居るという事は、そう思うだけでも一寸心強くていいかと思います」と近くにいる親戚の者を紹介し、訪ねるよう勧めている。当時は血族・親戚の結束が強かったこともある。その手紙の最後に「スキーは余り上手になると危ないから、上手にならぬように願います」と、相変わらずの心配性の寅彦である。話は少々逸れるが、富美子が俳句好きだと聞いて、寅彦は自分の句を送り、また送られてきた富美子の句に批評を加えて、手を入れた句稿を返送したりしている。俳句の同好だとなると、寅彦はつい句の遣り取りをしたくなるのだろう。

帝国大学の助手という定職があり、二七歳にもなった総領息子のことを考えれば、親として世話したくなるのが結婚話である。その点では、寅彦は極めてフツーの、子どもを溺愛する父親であった。九月一一日付の東一への手紙で、「今日は少し重要な事柄につき御相談」として結婚問題を持ちかけ、「かねてから御話致したように、色々心がけていたが思わしい候補者もなく、つい延び延びになって居ましたが、今度一人かなり適当らしい人が見付かった故、もう少し詳しく調べてみたいという事になりました」と、自分たちが今度の候補者に乗り気になっていることを告げている。「しかし折角調べても、東一がはじめから不承知では問題にならないから、まず東一の内意を確かめた上で、もし可能性を認めるなら詳しく先方の人柄や家庭に関するデータを集め、もし結果がよければ、次には先方で承諾するかどうかを確かめるという順序になります」と一応東一の意向を聞くとは言っているが、次々となすべき段取りを既に考えていて、相当乗り気になっていることがわかる。「先方の都合次第でどうなるか、それは全然不明だが、兎に角よさそうなら当たって見なければなりません。これはすべての縁談に共通なことですが、念の為に申し上げたのです」とあって、これから、実際に行動を起こすことを東一は覚悟しておくように、という丁重な通告と言えないでもない。

　というのは、「結婚については色々御考えもあることと思われるので、決して無理おしつけに押付ける訳ではないのですが、しかし余り年を取ってから結婚すると、後年になって色々な不都合が起こるのは周知のことであります。又、東一は寺田の家を嗣ぐべき地位にあるから、一層その必要があるかと思われます」とも言っているからだ。年を取らぬうちに結婚するのがいい、ましてや寺田家を継ぐ人間なのだから、早く決心する方がよいと東一に心を決めるよう促しているのである。

　東一が心配しそうなのは経済問題だろうが、「家庭を持てばやり方一つでは、却って男一人の下宿生活よりも安くいける事もあります」と、寅彦が「一人では暮らせないが、二人では暮らせる」という仲人口のようなことまで言っている。さらに、「又、結婚後は必要あらば、当分、幾分当方より補助する事も可能かと思われます」と、自分も援助するから大丈夫だと保証する。甘い親である。「それ故、東一の場合には、決して時期尚早ということはなく、もはや適当の時期が来ていると思われますが、如何でしょう」と、さすが文筆の達人である寅彦らしく有無を言わせぬ迫り方である。

　ここで、自分ながら押しつけがましく書いたと思ったのか、寅彦は「前にも申す通り、これは話の発端で、仮に東一の方で大体に異議なくば更に詮議を進め、何かいけない事があればもちろん中止します」と、いかにも東一自身の意思を尊重するような姿勢を見せてはいる。しかし、すぐに「又、よさそうという事になって後、人を介して先方に申込んだ上で、先方が承諾しなければ、それもそれ迄であります。又、もし承諾となれば、さらに具体的の交渉に移るという順序であります」と畳みかけるように言うのだ。こうまで言われると、東一としては承諾せざるを得ず、相手の意向を待とうという気になってしまうだろう。というより、このように話を持って来られると、兎に角話を進めてくださいと言わざるを得なくなるのではないかと思われる。

寅彦もそうなることを期待して、ここで言い方を転換する。「縁談というものは不思議なもので、複雑でもあり、簡単でもある。どうせ世の中に理想通りの人間はなく、もしあったとしても、こちらが向こうの理想に合うかどうかは分かりません。いいと思っても、向こうで来なければ成立しません。各家庭に、それぞれの注文があるから、両方の注文がうまく合えば結構だが、十中九までは双方多少のコムプロミスをして（補い合って）成立するが通例、これは人事百般に亙る通則でしょう」と一般論まで動員して口説きにかかるのである。北海道に住むということが、相手の意向に合わなかったりすることもあるから、「断られても別に恥でもなく、また次のテストにかかるだけです」とドライに考えようというわけで、「兎にも角にも、東一の大体の考えを至急確かめたく、そのためにこの手紙を出します。どうかお考えを聞かせて下さるよう願います」と、最初に戻って手紙の趣旨を改めて確認している。

そしてダメを押すかのように、「こういうことは、あまりゆっくり考え込んでいる中に、好い相手を取りにがすこともありますから、大体の考えをなるべく早くお聞かせ願います」と、また決心を急がせる仲人口のようなことを書いているのには、つい笑ってしまう。寅彦は、自分がそんな役を果たしているとは思っていないだろうけれど。最後に、「私もなるべく長生きをしたいとは思うが、人の寿命は不定故、出来るならば自分の存生中に子供等の身を固めておきたいという念願もあります。これは親の我儘かもしれないが、世間の親に共通な心理とご推察を願います」と、自分の老い先への個人的な思いまで動員して東一の情に訴えている。このように言われると子どもとしては受けざるを得ないはずであると、寅彦は人間心理のツボをよく心得ているのである。見事な説得技術と言うべきだろう。

その後、東一の写真を相手に送り、見合いのために東一がわざわざ東京に戻ったのだが実現せず、縁談は不成立になってしまった。「一寸意外の事情で一時サスペンション（停止）の状態になり、御気の毒だがどうも予期しない事で致し方がありません」と一一月二七日付の手紙で、この縁談がうまく行かないことになりそうであると東一に伝えている。結局、この縁談は不成立となったのだが、「なるべくなら、ここまで来た事ゆえ成立を望む次第ですが」とまだ少し未練を残しつつ、「都合によりこのまま元通りになっても別に世間普通の事で、又後にいくらでも良縁はあることですから、どうかこの親父に御委任を願います」と、今回は諦めて次を期そうと励ましている。「親父に御委任」とあるから、寅彦はまだまだやる気十分なのである。同じ日付の小宮宛の手紙には「縁談途中で停頓の状態に陥り、親父苦悶のていであります。閉口　閉口」といささか自己を茶化して書いていて、わがことながら苦笑している風である。

結局、東一は一九三五年一二月二七日に、小野禮子との婚約が調ったのだが、それは寅彦が亡くなる四日前であった。

③正二の場合

寛子との二番目の息子の正二は一九〇九年（明治四二年）二月生まれで、誕生後四〇日目に寅彦は西洋へ留学のため出発し、日本に戻って来たのは一一年六月であった。だから、「船が桟橋に着いたら家族や親類が大勢迎えに来ていた。姉が見知らぬ子をおぶっているから、これは誰かと聞いたら、みんな笑いだした。それが紛れもない自分の子供であったのである」という対面をすることになった。正二は、（旧制）静岡高校そして東京帝国大学文学部独文科大学院を卒業し、一九三七年に岡山の第六高等学校のドイツ語教師として赴任した。しかし、病を得て辞職し、東京医科歯科大や横浜市立大などでドイツ語を教えた後、一九五一年闘病のために職を辞して長らく病床に臥し、一九六七年に五八歳で亡くなっている。理系の東一とは違って文系の正二は、文章を書くのも巧みで、寅彦に関する多くの回想記を残している。静岡高校時代の友人長谷川千秋は先述したが、寅彦一家と親交を結び、正二がピアノ、千秋がバイオリン、寅彦がセロでトリオを楽しんだ。

正二は、やや病弱であったが闊達で外交的、何事にも物怖じせずに挑戦し、親父に何度も説教されながらも、あまり気に病むようなこともなく、元気潑溂に育っている。寅彦にとっては、むしろそれが心配で、何度も小言を言ったようである。一九二一年から正二のことを日記に多く書くようになっている（先に述べたように、附属中学を受験して不合格であったのに「あまり平気故小言を言う」（三月一三日）とか、成績が悪いため「しんをして説諭せしむ」（一一月五日）がある）。次に目を惹くのは、一九二六年正月の日記で「正二は静岡と八高を受験する事になり、中谷君に頼んで数学と物理を予修してもらう事になった」とあることで、理研の寺田研究室の助手であった中谷を家庭教師にお願いしたのだろう。日ごろ、小言ばかりを言っている親父は家庭教師として向いていないからである。一九二七年、最初静岡高校は不合格であったが、幸い補欠で入学することができ、静岡高校で教鞭をとる金原寿郎のお世話になることになった。寅彦の弟子であった金原は「寺田正二君はするどかった。寺田先生よりするどかった」と述懐している（小林惟司『寺田寅彦の生涯』より）。

　正二との手紙の遣り取りの最初は、一九二七年三月二二日の受験のため静岡に滞在中の正二宛てで「滞りなく受験進行と思います。なお首尾よく願います」とあるが、続けて「東一も無事入学、雪子も三輪田へ入学しました」とあって、兄も妹も合格したとプレッシャーをかけている。入学が決まって五月八日に静岡高校の寮に入った正二に対し「寄宿生活は初めてにて、随分不自由も多からんと推察いたし候えども、これも実生活の大きな修行と相成る事と存じ居候、せいぜい御修行を祈り候」と書いた後、健康に注意して少しでも異常がある時は、校医なり、（世話になっている）堀田家のかかりつけの医者の診察を受けよ、と口うるさく注意を与えている。そして「用事はなくとも十日に一度位は端書でも安否を御知らせ下されば好都合と存じ候」と手紙を書くよう促している。最後に再び「なおなお摂生と勉学無怠願候」と追伸で諄《くど》いほど念を押しており、やんちゃな正二が親元を離れて、どこかへ飛んで行かないかよくよく心配だったのであろう。

学校で健康診断があって、校医からスピッツェン（色々調べたが意味不明。ご存知の方のご教示を乞う）が悪いと診断されたことを正二が報告したのだろう、非常に心配した寅彦はさっそく返事を書き（五月二四日）、帰って来てまずよく知っている尼子医師の診察を受けよ、病状によっては休学せよ、しかし「折角補欠に採ったのがすぐ休学ではあまり済まないような感じもある」から休学は止めて、寮から下宿に転地療法のつもりで移ったらどうか、「休学したつもりで田園海浜の間に逍遥しながら学校をやって見る事も出来なくはない」、とアレコレ思案したことを脈絡もなく無闇矢鱈に全部書き連ねている。心配で心配で仕方がなかったのだろう。

しかし、結局、始終熱が出たりするようでなければ「健康第一、修学第二として、しばらくやって見るのもどうかと考えます。それで、もう少し経過を見てから休学か否かを決定しては如何と思い」という次第で、どうやら寅彦はまず極端なことまで考え、全てのことを言い尽くしてから、最後にごく常識的な結論に落ち着くタイプらしい。このような調子で説教されていたのだから、子どもたちにとっては「お父様の御説教」はさぞや長かったことだろう。

翌一九二八年の六月五日に書いた正二宛の手紙が面白い。「又体温が少し常温を超過致し候由、これは至極大事故《ゆえ》十分にご注意願い上げ候。そういう症状は、結局自分自身の不断の注意が一番肝要にて、中々始終医師が附き切りという訳にも行かず、又気分の方に大した故障がない為、ついつい不養生に陥り易きものに御座候。下手すると、生涯不治の難症となる恐れもある故、何卒日常不断の御注意願い上げ候」と、少し熱があると聞いただけで、くどくどと健康に注意することを述べ、果ては「生涯不治の難症となる恐れ」とまで言って脅かしている（結局、正二は病気のために静岡高校を一年間休学し、さらに生涯の後半生が病魔との戦いであったことを考えると、寅彦は「生涯不治の難症」を予見していたかのようである）。

そして、手紙に、

プリンシプルは簡単、唯実行に意志の力を要し候
一、生活の規則正し（き）こと、（早起早寝）
一、新鮮の空気
一、適宜の規則正しき運動、
一、適宜の営養、

一、風邪引かぬ用心、
一、腸胃を害せぬ用心、少しでも悪い時、早く手当てをする事。
右、何卒お忘れなきよう願い上げ候

と、「生活六訓」を並べて提示している。もう一九歳の正二なのだが、寅彦にとってはまだ幼い子どもとしか思っていなかったに違いない。

一一月一四日に書留を送っているが、それには「学期成績良好の由にて、このオヤヂも喜ばしく肩身広く感ぜられ、又頼母しく存じ候。勝って兜の緒を〆めよと申す諺もあり、益々御精励を祈り候。（略）小遣いや授業料は一両日中にお送り致すべく候、御請求の褒美は「金五円也」、小遣いの外に送りますから、これで牛肉でもおごって御上がりになさるよう願い上げ候」とある。成績が良かったので褒めてくださいとの正二の手紙をもらったのだろう、寅彦は大喜びで、いそいそと小遣いや授業料とは別に褒美のお金を送っているのである。親バカの姿と言えよう。この手紙には「官製ハガキの両面に書信をかくと規則違反で不足税三銭取られます。（略）爾後は御注意願います。絵葉書の場合に限り許されるのであります」との追い書きがあり、実に細かなことにまで気を遣っていることもよくわかる。

一九二九年の六月一日の書留では、「脚気の気味ある由、早く診療を受けるが肝心と存じ候。

この病気は非常に危険なもので、急激に心臓を犯す例多き故、御用心専一と存じ候」と、脚気の気味があると聞けば心臓まで犯（侵）されると心配過多なのはいつもの寅彦だが、実は今度の相談は自転車を買いたいという正二の希望を聞いたことへの返答なのである。そこで寅彦は、まず「自転車は運動には結構と存じ候えども、脚気には悪くはなき哉、一度医者に診て貰って差支えなきや否や御たしかめ必要と存じ候」と思案し、「医者が診て差支えないようだったら、自転車屋へ頼んで中古（少し乗っただけで事実上は新しいような）で安く買えるようなのを捜してごらんなさい。東京へ持って帰っても、こちらでは余り役立たぬ故、高い金を出すも無駄かと思います。三十円以内で中古のいいのを捜してごらんなさい」と中古自転車の値段まで言って勧めている。寅彦は金銭には細かいのである。そして正二から自転車を買ったと知らせを受けて、七月二日の書留で「自転車お求めの由、結構と存じ候」しかし、「危険は十分ご注意願い上げ候。東京は非常に危険、又色々の規則など充分呑み込まぬと不慮の失敗を招く恐れあり、東京市内では全然乗らぬ事に致したくと存じ候」と、東京では乗らないよう念を押している。というのは「当地では、小僧や行商の外は乗らず、又彼らは道路交通取締法や、自動車・電車等との関係に熟達して居るからいいが、素人では中々難しくあぶないと存じ候」であるからで、きめ細かく注意を与えているのはさすが寅彦である。

一九三〇年六月一六日の手紙では、正二が東京で夜遅くまで観劇して雨の中を帰宅し、翌日は空気の悪い映画館で過ごして、夜汽車で静岡まで帰ったと聞くや、直ちに警告の言葉を発している。「弱いからだにはたしかにOverloadであるから、あとできっとその結果が現れる事と存じます」と前置きしておいてから、「からだは悪くする方は至って造作もないが、悪くなったのを取りかえすのは中々骨が折れる。二日かかって悪くしたのを回復するのに二年位かかる事もあり、又一生かかっても取りかえされないこともある」と脅すのである。そして、「単なる享楽（しかもほんの数時間の）の為に、永い将来の生活を犠牲にするのは余りに馬鹿らしいと思います。もう少し理性的（ドイツ語のvernunftigを使っている）に願いたくと思います」と諭している。書いているうちに腹が立ってきたのか「過去の事は仕方がない。将来を御注意願います」と言い、「音楽でも活動でも、すべて過度な刺激をむさぼるのが一番の毒で、これを節制しなければ、薬なんか呑んでも無駄であります」と、だんだんに厳しい言葉になっていく。

　そして、「今の内にしっかりしないと、今に廃人となって、あらゆる享楽を断たれ、外出も歩行も出来ず、ベッドの上で呻吟するような哀れなからだになる恐れがあります。今位の程度の時が、一番大切な分岐点であろうと思うから、この際充分に反省を願います」と、又もや正二を脅かして、二度と今度のような無理をするなと諭す。やはり最悪（ワースト）を考えてしまうだけでなく、それを口に出して相手に迫る寅彦なのである。また、医療服薬の費用を節約して不健康な享楽の方に金を遣うのは、「それこそ二重の錯誤ではないでしょうか。世の中にこれほど不合理な事はない筈であるけれど、人間の精神の弱さ（ドイツ語のSchwächeを使っている）のために、その見易い過誤を犯して、有為の将来を棒にふってしまう青年は随分ある。（略）兎に角、眼前の事と、永い将来のこととの軽重を忘れぬように、くれぐれもご注意を祈ります」と、将来の事を考えて現在を生きるよう何度も諄く繰り返している。二度の大病をして休学した寅彦であることも、このように言わせる原因となったのだろうけれど、やはり常に最悪を考えて将来に対処すべきとの寅彦のいつもの思考のパターンが色濃く出ている。

　貞子の項で、正二の自由ヶ丘に下宿する際の騒動について述べたが、結局のところ寅彦は正二の下宿を許さざるを得なかった。寅彦が正二の「自由ヶ丘アパート」へ出した書簡は（全集に収録されているものは）一九三四年七月二四日以降三通で、いずれもハガキで用件のみを記した簡単な文面のものでしかない。もう大人になったし、自由ヶ丘といっても簡単に行き来できる近さだから、長い手紙を書く必要がなくなったためだろう。

　しかし、この三四年の夏に再び正二の「無鉄砲」を過剰に心配する「山登り騒動」が起こっている。寅彦が出した書簡で判断すると、寅彦一家が例年のように沓掛《くつかけ》の星野温泉に避暑に出かけたのは七月二四日のようで、三〇日に寅彦のみが帰郷している。三一日には正二様・弥生様・雪子様宛のハガキを送り、「風邪を引かぬようにご注意を願います。正二は歯医者に行きましたか」と相変わらずの心配性である。八月六日のハガキで東一が合流するだろうことを告げているのだが、突然八日の東一様・弥生様・雪子様宛の、「その後、如何お暮しですか。正二の無鉄砲にはすっかり驚いてしまいました。自分の体力に対する認識が欠けている」という書き出しの、腹立ちまぎれのハガキを出している。

その経緯を、正二が「亡父の思い出」（一九三六年二月、『思想』）という文章に書いている。正二が追分のK氏の所に遊びに行っているとき、ちょうど音楽家のT氏が来合わせていて乗鞍《のりくら》岳登山を計画していた。正二にも是非参加するよう勧められたので同行することにし、寅彦に告げる間もなく、翌日早朝に出発してしまった。そのことを（おそらく寅彦は直後に子どもたちからのハガキで知ったのであろう）山に行ってしまった正二に説教するわけにもいかず、先のようなハガキを書き送ることになったのである。

ハガキの続きは、「途中で熱を出すか、帰ってから熱を出すかというプロバビリティが多分にある。今にも兼常さん（K氏）から電報が来るかと毎日ひやひやして暮らしています。私は昔、大島火山に急いで登って降りた為に発熱して、二日くらい本村の宿で寝た。円地君の前の細君は、浅間へ急行軍をやった為に肋膜炎を起こして、それがもとで亡くなってしまった」と、昔に起こったことを引き合いに出して、急な登山は危険であると言う。そのことが思い出されて大いに心配となり、「自分の体質体力をよく認識して自分相応の事をしないと、悔やんでも及ばぬ結果になる」と脅すのだが、もはや正二は登山に出発してしまったから手遅れである。

やむなく「正二も幸いに無事に帰れば天祐であります」と言う外ない。

　そこで残された子どもたちに「皆さんも、よくよく考えて自分の能力を買い被らぬようにして下さい」と教訓を垂れて締めくくろうとするのだが、なお言い足りないとの思いからか「何にしても、少しの山登りの経験もなくて、いきなり乗鞍とは実に呆れて両人（寅彦と紳子）茫然としてしまった。雨にでも逢ったときの準備などどうした事？　アキレハテマシタ」と付け足している。まだまだ言いたいことはありそうだが、ハガキのスペースがなくなってしまってここで打ち止めとしたのだろう。最後の「アキレハテマシタ」が、心配し過ぎて寅彦自身が疲れてしまったということをよく表している。

　むろん、正二は無事帰って来た。そのことをハガキで知らせたのだろう、一一日付の正二、弥生、雪子様と認《したた》めたハガキで「今朝は星野へ電話をかけようと云っていたら、御端書数枚着、正二無事帰着、熱も出ないらしいので一同ほっと安心しました」と、まず無事と聞いて安心したと書いている。続いて、「なにしろ何の用意もなしに登った事と思って心配したが、段々恒《つね》（女中）に聞いてみると、案内者が二人行くとの事、又セーターなど兼常氏が用意してくれるとの事を聞いて、少々気丈夫にはなったが、なにしろ中学時代は京都へ行っただけでもすぐ熱を出したし、高等学校では一年休学したし、その後目立った異常はなかったとは云え、もし隠れた病魔でもあると、それが過度の労働によって破裂し、急速に発育する例もある事故、それを非常に心配したのでありました」と、自分がなぜ正二の登山を危なく思ったのかを縷々説明する。自分の心配性には根拠があり、理由なしでただ心配しているだけではないと言いたいのである。そして、「乗鞍へ上って熱が出ないようなら、身体が余程よくなった証拠で非常に喜ばしいが、やはり少し冒険だったかと思います。この後も、うっかり無理な事をしないように頼んでおきます」と、再度このような冒険をしないよう念を押している。

正二の「亡父の思い出」によると、「後から聞けば、もし遭難でもしたら自分は行けないからE氏を頼もうと相談までしたそうである」とあって、寅彦は相当慌てたらしい。正二は「こんなに父に気を揉ませた事は大きな親不孝に相違ない。けれどもその当座は、むしろ父の心配の大げささ、いかに何でも大学生の私が、何の準備もなく着のみ着のままで山登りにでかけるほど無謀であり得るという信用の無さが、私を恐縮しながら非常に可笑しがらせたものであった」と、父寅彦の心配過多であることに微苦笑を禁じ得ない。「父さん、考え過ぎですよ」と言いたい思いなのだろう。そんな懐かしい過去を思い出しつつ、「今でも、その可笑しい気持ちはなお消えない。しかし、今はその可笑しい気持ちに一種の言うべからざる悲痛な感じが結びついている」と書くのは、亡くなったばかりの寅彦（この文章の執筆は一九三六年二月で、一九三五年一二月の寅彦の死の直後である）の最期の姿を思い浮かべているからであろう。この文章を「ことに前の端書の「自分の体質体力をよく認識して、自分相応の事をしないと悔やんでも及ばぬ結果になる云々」を読むたびに、私は限りない感慨を覚えるのである」で締めくくっているのは、この言葉と寅彦の姿が二重写しになっていたためであろう。

④弥生と雪子の場合

東一と正二は別々に書いたのに、ここで弥生と雪子の二人を一緒にして書くというのは、女性への差別的な扱いをしているのではないことを強調しておきたい。彼女たちと寅彦との年齢の関係や、二人とも寮や下宿生活をせずに自宅で一緒に住んだこと、寅彦自身が無意識のうちに女性を軽く見ていた、という理由のために日記や書簡への娘たちに関する記述が比較的少ないためである。

次女の弥生は一九一二年（明治四五年、寅彦三四歳）生れ。名前の由来は、そのころに住んでいたのが弥生町であったためらしい。東京府立第一高等女学校を卒業し、鉄道省技官の関四郎氏と結婚して、二〇〇六年に九四歳の天寿を全うした。三女の雪子は一九一五年（大正四年）生れ。二月の雪の日に生まれたことから、この名が付けられたようである。三輪田高等女学校を卒業後、文化学院に入学し、そこで知り合った青木滋（評論家の青地《あおち》晨《しん》）と、寅彦が亡くなる直前の一九三五年一一月に結婚した。しかし薄命で一九四五年、三〇歳の若さで脊椎カリエスのために亡くなった。弥生は長命、雪子は短命と二人の寿命は大きく違ったが、その性格も対照的で、弥生は実質的に長女であるためか、堅実で目立たずしっかり者であり、雪子は次女的に自我が強く、流行を好み物怖じしない性格であったようだ。

一九一八年一月一七日の日記に「夜雪子泣き弥生泣く」、一八日には「夜雪子の望みにて又蓄音機をかける、弥生は飽きて眠気を催す。二人を風呂に入れてやる」と、妻寛子を前年の一〇月に失い、新しい妻の紳子と結婚する八月まで、六歳の弥生と三歳の雪子の世話が大変であったことがよくわかる。三月三日「雪子のしごき、弥生の襦袢《ジバン》の袖を買う」と、服の面倒も見ている。七日には「正二、雪子の腕をねじ筋をちがえる。厳しく訓戒す」とあるが、貞子（一七歳）、東一（一一歳）、正二（九歳）に加え二人の女の子を抱えての（むろん女中を二人雇っていたが）兄妹ゲンカだから、寅彦は泣きたい思いで「厳しく訓戒」したことであろうと想像される。

その後、病気以外ではあまり日記に登場せず、一九二一年（大正一〇年）八月二九日に「午後、雪子弥生をつれ三越へ行く。病気以来一度も一緒に外出せし事なかりしとて、弥生にねだられて行きたるなり、食堂で氷菓と汁粉を食い、御伽噺の本を買ってやる」と、子どもたちに大サービスしている。日ごろはおとなしい弥生が街へ行きたいと望んだためであったようだ。

一九三〇年三月二三日に「第一女学校卒業式、弥生も卒業、精勤賞をもらう（金参円宛にて好きなものを買わせて授ける由にて、弥生はパステルの道具二円八十銭を松坂屋で求めたり）しん参列」とあって、おとなしいがしっかりしている弥生を頼もしく思ったのだろう、詳しく記載している。お祝いに貰ったお金の使い方も（買ったものといい、金額といい）よく考えてのことのようで、弥生の堅実な人柄が現れている。寅彦の日記には木下杢太《もくた》郎《ろう》とか与謝野晶子など多くの著名人の名前が出てくるが、一九三五年三月一三日には「阿部知二氏来たり、弥生縁談の話あり」とあり、続いて三月二二日にも「午後留守へ阿部知二氏夫妻来訪、弥生縁談の事」とあって、阿部知二の方が弥生の縁談に乗り気であったようである。四月五日に「浜口へ弥生縁談の事、相談の手紙出す」と、わざわざ寛子の実家に相談のための手紙を書いている。この結婚話は不成立であったようだ。

　弥生が一九五〇年一月に書いた「晩年の父」によれば、「小さい頃は、晩年程一緒にどこかへ行くということは少なかったけれど、暮には毎年銀座に皆で出かけ、きめられた金額の中から好きな物を買ってもらうのが例だった。（略）クリスマスとか、東京にいない兄たち（東一は北海道、正二は静岡）が帰って来た時など、子供達を御飯を食べに連れていくのが楽しみらしかった」と、寅彦は実母を失った子どもたちにサービスすることを忘れていない。特に銀座で昼食を御馳走したとき、例えば一九三三年四月九日には、寅彦は「東一、正二、弥生、雪子とヤマト昼食」「階上で東一と球戯」というふうに書いており、その度ごとに律儀に日記に記録している。さらに「階上で東一と球戯」と寅彦はさりげなく書いているが、これを見物した弥生は「北海道から帰った兄と二人で撞球をしてみせてくれたことがあった。そういう時の父は、とても楽しそうで、私も嬉しかった」と、一家水入らずを楽しんだ会合を懐かしく思い出している。

夏になると、子どもたちは千葉の千倉や逗子海岸や追分の星野温泉などへ避暑に出かけるのが通例で、寅彦は「御一同様」宛の手紙を多く書いている。そこには心配性の寅彦が細々《こまごま》と注意を与えている文章が目につく。一九二八年七月二八日の千倉の「寺田一同」宛の手紙では、「二日毎に手紙をよこしてくれる筈のが、どうした事か未だ一度も便りがないようですが、どういう訳でしょう。（略）こういう事は、今から習慣をつけておかないと、大きくなってもだらしのない人になります」と、滞在し始めたばかりなのにすぐさま手紙を書くよう催促している。「だらしのない人になります」とは穏便ではない。七月二九日の手紙では、「千倉はやはり要塞地帯でありますから、戸外写生はいけません」と、スパイ防止法のことを教えている。そして「風呂に入って居ますか、からだの汚垢を洗うことと、精神の汚垢を洗うこととはやはり関係があるように思います。幾日も風呂にはいらないで何とも思わないような時は、やはりだらけて居るように思います」と、風呂に入って体をちゃんと洗うことは心を清く保つことと結びついていると説教することを忘れない。

八月一日には「水泳時間は大体制限しないと危険です。はじめの内は短く、段々からだが馴れるにつれて長くするのはいいでしょう。要するに余り疲労しない程度というので判断出来ます。宿の子供らのような、馴れた人達と同様にやってはたまりません。却って健康を害します。

夜寝るとき腹を冷やしてはいけませんよ」と至れり尽くせりの注意で口うるさい。八月五日には「新聞で見ると、海水がどこも汚れて病毒が多いから、晴れ間があっても、海にはいらないよう、天気になってもすぐははいらないよう注意がありました。御用心」と、海に入ることも禁じている。寅彦は少しでも危険なところへは子どもたちを近づけたくないのである。最後に「正二のサルマタは、当地から小包などで送るよりは、そちらの店で買った方が重宝であろうと思いますから、どうかそう願います」と書いており、正二のサルマタにまで気を配っているのには笑ってしまう。そして「弥生ちゃん雪ちゃんも、少し復習をすると、却って遊ぶ時の愉快を増進するかと思います」と付け加えて、勉強を忘れないよう念を押している。

　八月二二日には「千倉でも溺死人があったそうですが、昨日の新聞で見ると一ノ宮海岸で子供が四人ボートで、波の荒いのに沖へ出て溺死したそうで、実に気の毒な事であります。泳げないのに子供だけで沖へ出るなどは甚だ危険な事であると思います。少しでも、泳ぎを知っておれば顚覆した船につかまって救を待つ事もできたでしょう。機会があったら、水泳は知っておくといいと思います」と、子どもたちが行っている千倉で水泳中に溺死者が出たので寅彦は心配になってしまった。泳ぎを少しでも知っていたなら助かった可能性もあるというわけで、子どもたちに泳ぎを体得するよう勧めるのである。

　しかし、弥生に言わせれば（「晩年の父」）、寅彦は、「海に入る時も絶対溺れない方法は、膝より深いところに入らないことと言い出すのであった」とあるから、これでは泳ぎが身に付くはずがない。実際、弥生は「少し大きくなり、ひと夏を海岸で過ごすようになっても、ついに泳げるようにならなかった」と言っている。おまけに、「兄たちも大人になっても泳げないので、父も慌てだし、男の子は泳ぎを知らなくては困ることがあるから、泳ぎをならったらご褒美に兄がその頃欲しがっていたカメラを買ってあげるとまで言い出した」と男の子どもたちも泳ぎが身に付かなかったから、カメラをエサにしてまでも泳げるよう唆《そそのか》したのである。「しかし、妹（雪子）の外は運動神経も鈍いし、それに大きくなってからバタバタするのは体裁も悪いような気がして泳げるようにならなかった」という始末で、寅彦の心配性が仇になって、結局子どもたちのほとんどは金槌になってしまったのである。

「私たちがスキーをやりたいと言えば、足の折れる心配をした」と弥生が言っているが、それは一九二九年一一月のころのようで、一五日付の正二宛の書留の二伸に「弥生は冬休みに学校の一行に加わって、赤倉へスキーに行きたいといってねだって居るが、どうかと思案中です」と書いている。学校行事で行くのだから、心配しなくてもよさそうなものだが、スキーと聞けば骨折を想像してしまう寅彦だから、ブツブツ言っていい顔をしなかったのだ。事実、一九三六年一一月に弥生・雪子が連名で書いた「父・寅彦の思い出」では、「（父から小言をくったのは）私たちが『スキーをやりたい』と主張したときなどです。そんな時は、書斎に呼びつけられて、幾時間も幾時間も「諄諄」として説諭を聞かされるのでした。――スキーは危険である、たれそれさんがどこそこでスキーで足を折った、そんなことになったらどうする、それがゆるせるものか……という筆法なのです」と書いている。さもありなんと思われる次第である。しかし、一九三四年一月九日の日記には「弥生・雪子はスケートへ」と日常のように書いているから、もはや雪上・氷上のスポーツは危険であると言わなくなったらしい。どんなに心配しても子どもたちはやってしまうし、心配したほどの問題は起らなかったという経験を寅彦自身が積んだためかもしれない。

「弥生・雪子、武蔵野座へ行く」という文言が日記によく出てくることを見れば、寅彦が好きな映画に関しては女性が二人で見に行く事には何の心配もしなかったらしい。運動神経が太くない寅彦にとってスポーツは鬼門、映画や演劇なら大歓迎であったのだろうか。紳子は芝居好きで一人で行ったり、雪子を連れて行ったりしていることを日記に頻繁に記している。

幼いころから、雪子は風邪をひいたり、熱を出したり、気管支カタルになったりと、何度も家庭医の尼子さんのお世話になっているが、さらに寅彦を心配させた病気と大怪我があった。一つは一九二一年（大正一〇年）猩紅熱《しょうこうねつ》に罹ったことである。九月一三日に三九度二分あった雪子の熱は下がらないまま続き、一五日に発疹がひかないことから猩紅熱と診断され、応接間であった部屋を雪子の隔離部屋とした。区役所から消毒が来て、一九日には検疫医が様子を見に来るという禍々しさで、そのままずっと雪子の隔離が続いた。このとき、寅彦も腸の状態が悪く、検便をして一喜一憂する状態であった。雪子の隔離が解けたのは一〇月二二日、警察への届けをして区役所の消毒が終わったのは二五日で、一ヵ月以上の長い隔離治療であった。幸い二七日には学校へ行き、紳子と弥生・雪子の三人で国技館を見学に行くまでに回復した。

大怪我の方は、一九三二年一二月七日の日記に「御茶ノ水の和楽食堂の二階階段から墜ちて、眉骨を打ち鎖骨骨折、右耳後上部打撲、溝淵さん紹介で田端の高木憲次博士（整形外科）を訪ね来診依頼」とコンパクトに記録しており、「雪子嘔吐数回」と心配な症状であった（このとき治療に当たった高木医師と懇意になり、寅彦の最期の病気のときに大いにお世話になる）。雪子は急遽九日に入院している。一二月一〇日付の札幌の東一宛の手紙では、「帰宅後嘔吐が止まらず、脳の故障が疑われ大変心配しました（略）、その後経過がよくて生命は取止めました。一時は随分心配した。意識ははっきりして、見たところは何でもなさそうだが、脳の急変の心配があったのです」と、寅彦らしく脳が損傷したと最悪を考えたようである。「もう大丈夫だから御安心ください。これからしばらく入院、骨の方の治療をします」と、もう大丈夫で安心だと自分自身を安堵させているかのようである。

雪子が大怪我をしたことを友人たちに知らせたのだろう、一〇日の小宮宛のハガキに「危うく一命を助かり、幸いに片輪にも痴呆にもならず三週間位で全快の見込みが立ちました。御安神願います」と書いて、「雪折れもなくて嬉しき旭哉　拙なれど実情であります」と書き送っている。季語の「雪折れ」に、雪子の骨が折れたのをかけたもので、それだけで終わってほっとしたという感じがよく現れている。同じ日に松根東洋城にも絵ハガキを書いているのだが、「一時はどうなる事かと思ったが、天祐により危なき一命を助かり、幸いに片輪にも白痴にもならず」と、こちらは心配したことを大げさに書き、そこに小宮に書き送ったのと同じ俳句を示している。劇的に示そうとしたのだろうか。

一二月二三日の松根との寄せ書きのある小宮宛のハガキで、「その後、毎日病院通いをしていますが、経過良好であります。欲の深い人間の事とて、はじめ生命さえ助かれば外に望みのなかった筈のが、この頃ではもう早く退院の日が来ればいいなどと贅沢を云って居ます」と、もうすっかり余裕である。入院してそのまま年を越し、新年早々の一月一日、家族が揃って病院への見舞いで年明けを迎えることになった。雪子が退院したのは一月一三日だから、一ヵ月と少しの間入院していたことになる。

この入院の期間の一部始終を、雪子の立場になって、雪子の観点から書いたのが「雪子の日記（昭和七年一二月―昭和八年一月）」である。小説家の気分を思い出したのだろうか。食事内容、見舞い客（阿部知二も来ている）、父の動向など、を雪子の目から見て書いた体裁にしている。最初の一〇日分くらいは詳しく丁寧な文章だが、一六日ごろから羅列的になり、寅彦は雪子に擬して書く気力が続かなかったように見える。

しかし、一五日の項で「頭を打つと知覚がなくなる、それから気がついても頭が痛んで動かせない、これは天然自然の保護だそうである。もし少しでも頭を動かしたりすると、ますます危険になる、それを動かせなくするために、痛くするそうである」と、痛みが実は人体を保護するためにあるという優れた人体の仕組みを紹介している。さらに「よく鎖骨が折れる、これも鎖骨が折れる事によって肋骨の折れるのや、内臓の劇動を保護するそうである。この事は、耐震家屋構造に一つのヒントを与える」と書いている。寅彦が雪子の身代わりになって書いているために、雪子なら決して思いつかないような自然の仕組みの巧妙さを、つい書いてしまったのだろう。大晦日に、シクラメンの鉢の絵のデッサンの横に「退院も間近くなりし枕辺に咲き残りたるシクラメンの花」の短歌を残している。

最後に、雪子の結婚騒動のことを述べておかねばならない。雪子は、一九三二年三月に三輪田高等女学校を卒業して、西村伊作《いさく》（寅彦が留学するときに知り合って以来付き合ってきた友人）が経営する文化学院大学部に入学した。当時の大学部は男女共学で、俳優となった北沢彪《ひょう》、作家となる野口富士男や飯沢《いいざわ》匡《ただす》、評論家となる青木滋（青地晨）など、錚々《そうそう》たる才能を持った若者がたむろしていた。彼らは、科学を志す青年とは異質の、文学や演劇の道を進もうとする若者たちであり、寅彦が考えていた学校とは少々色合いが異なっていた。一九三四年の一〇月二日の日記には「丸善で雪子と青木君他一名と会う」とあり、一一月二七日には「青木滋君より手紙、先日の挨拶なり」とある。この段階では、青木滋を雪子の文化学院の一人の友人と見做し、寅彦は彼に好意を持っている程度であった。青木は当時雑誌の「セルパン」の編輯《へんしゅう》を手伝っており、寅彦は青木に乞われて、その雑誌に映画時評を書いている（一九三五年二月号）。

先の「雪子の日記」の一八日の項に「……吉村さん、弥生、中久保、青木……松村、父」と病室を訪れた者の名前を幾人も記述している。かれらは文化学院の友だちなどだが、青木と松村が問題である。松村なる人物が雪子と付き合っていたのだけれど、不良青年だということがわかって別れようとし、そのゴタゴタの解決に青木が手助けをしたらしい。それがきっかけになって青木と雪子の仲が急速に近くなったのである。一方、ふられた松村は、帝都日日新聞という赤新聞にこのことを「大学教授令嬢の恋愛問題」として売り込んだ。さっそく、その新聞社の記者が寅彦の所にやってきて、金を出せばこのことを記事にしないと持ち掛けたのである。むろん、寅彦は拒絶した。その結果、現代の週刊誌のように、この新聞に特種《とくだね》記事として公表されたのである（一九三五年の一月中旬ごろ）。

ちょうどこの新聞が発売された当日、正二は旅先から自宅に戻っており、不機嫌極まりない寅彦と相対することになった（寺田正二「悩んだ「娘の恋愛」」一九六四年八月）。事態の経緯を聞かされた正二は、いつもなら寅彦から説教を受ける身なのだが、この日は逆に寅彦に説教する立場になって「人の噂も七五日ですぐに消えてしまうことだ」と励ました。寅彦もそれに同意し、正二に向かって「最大の被害者である妹を十分いたわって気を遣ってやってくれるよう」くれぐれも頼んだという。寅彦は雪子の心情を察して、ひどく心配していたのだ。金さえ出せばこんな面白半分の噂話が表に出ることはなかったのだが、赤新聞のいい加減な与太記事を認めるわけにもいかない。寅彦の内心には葛藤があったに違いない。しかし、正二に言われて元気になったのだろう、「父もどうやら少しは安らいだような表情になっていた」と正二は書いている。

　これで一件落着したわけではない。新聞を見た青木が慌てて謝りに来て、寅彦は二人の交際を絶つように求め、それがきっかけになって雪子が家出をして青木の家に押しかけ、困った青木の母は取りあえず雪子を知人の山口の家に預かってもらうという騒動が次々と続いたからだ。寅彦は雪子に平凡な結婚を望んでいたのだが、付き合う相手の青木滋は雑誌記者の卵で、まだ海のものとも山のものともわからない人物だから、寅彦の眼鏡にかなったわけではない。そこで二人に関係を絶つよう求めたのだ。もっとも、この間のゴタゴタの渦中でも青木は誠実に対応したこともあって、寅彦は彼を信用するようになっていたらしい。その後の経過は、一九三五年八月七日付の森貞子宛の手紙に、総括するような口調で書いている。一段落して安心したこともあって、誰かに一連の経過を話しておきたかったのであろう。

その手紙では「雪子の事は五日に先方の監督者のような谷内《やち》という法学士が来て、もし当方の都合がよくば大野中将（青木の亡父の友人で現在の家主、その奥さんが仲に入って雪子を帰して来た）が正式の媒酌人として申込むが差支えないかとの事でした。それで私は一度郷里の浜口の伯父の意見を確かめ、東京の親類にも今一応たしかめた上、御返事するから暫時待って下さるようと申しておきました。どうも、こうなった以上致し方ないかと思われます。むしろ、今後禍を転じて福となす事に苦心する方が得策かと思われます」とあり、決着がついて二人を結婚させるとの腹が決まったことを過不足なく伝えている。

そして「考えようによっては、あるいは良縁かも知れません。今迄のすべてを承知の上で結婚しようという人で、適当なのを別に捜すのはかなり困難なようにも思われます」と書いているから、赤新聞に書かれたことや雪子が家出をしたことについて、寅彦としては大いに遺憾であり、雪子に傷がついたかのように思っていたのだろうと想像できる。男女の恋愛関係や赤新聞の介入など、寅彦とはほとんど縁がない世界の事柄であったから、必要以上に心配したことが文面から偲ばれる。

雪子と青木滋との結婚式は、寅彦が重病で、もはや病床から離れることができなくなった一一月一九日に行われた。おそらく、文金高島田の花嫁姿の雪子は病床にある寅彦に挨拶をしただろう。

第5章

厄年の寅彦

寅彦の生涯三度の大病

一八九七年に、まだ熊本の第六高等学校の学生であった寅彦が二〇歳で、妻となる阪井夏子が一五歳のときに二人は結婚したが、一八九九年に東京帝国大学に入学するまで別居を続けた。一九〇〇年春に夏子を東京に呼び寄せて一緒に暮らすようになったが、翌年二月に夏子が結核のため高知に帰って種崎の海岸で療養することになってしまった。つまり一年少しの同居生活の後、再び別居となったのである。五月には長女貞子が生まれたが、寅彦は子どもとも別居暮らしをするしかなかった。その寂しさからか、あたかも夏子の健康状態が伝染したかのように、その年の九月、夏休みの帰省中に肺尖カタルを患って休学し、高知県須崎で療養した。翌年四月まで高知の自宅で養生し、九月に復学することになって、ほぼ一年間休学したことになる。それが寅彦の一回目の大病であった。

一九〇二年に妻夏子を失い、一九〇五年に二番目の妻浜口寛子と結婚した。その後、東京帝国大学助教授に任命された一九〇九年から二年間ヨーロッパに留学し、一九一三年からX線回折実験を行って、一九一七年に帝国学士院恩賜賞を受賞する。この間、寅彦は専門の物理学の世界で大いに活躍したのであった。

そして、一九一八年（大正七年）暮れに胃の具合が悪くなったが養生せず、先に述べたように翌一九年一二月に悪化した胃潰瘍のために吐血し、二〇年からほぼ二年間大学を休むことになった。これが二度目の大病である。まさにこの年は寅彦の「厄年」に当たるが、その後も彼は病弱であり、以後も完全に健康な体に戻ることはなかった。一般に厄年とは、壮年期から老年期へ移行する人生の過渡期で、肉体の疲れが溜まり、日常生活の無理が重なって内臓の弱い部分に疾患が現れる時期、と言えるのではないかと思う。

この厄年の疾患によって二年近く休むことができたこともあって、この間に随筆を書く楽しみを覚え、科学研究以外の重要な仕事として執筆が加わり、このころから使い始めた吉村冬彦のペンネームを終生使うことになった。その後亡くなるまでの一五年間は、物理学のみに閉じず科学のテリトリーを拡げて生物学や防災論に蘊蓄を傾け、絵画やバイオリン・セロの演奏に手を出し、映画を数多く見て映画評論をものにし、俳諧に凝って小宮豊隆や松根東洋城などと連句に打ち込み、西鶴や徒然草など古典にも挑んだ。だから、寅彦にとって本当に厄年であったのかどうかは疑わしい。確かに二度目の大病をしたが、寅彦の全才能が開花する時期がここから始まっているからだ。とはいえ、この時期から病魔がじわじわと体を蝕んでいたのも事実である。寅彦にとって好悪両方の一大転機になったのだ。

一九二一年に職場に復帰して後、二三年に関東大震災が勃発し、寅彦は特に地震火災の調査を行って精力的に活動した。残された写真を見ると、このころから彼は一気に年を取ったかのように見える。年齢はまだ四五歳前後であったにも拘わらず、写真を見れば六〇歳以上の老人の姿に見えるからだ。ステッキを突くようになっていたことから、足腰も弱っていたらしい。どうやら、先の胃潰瘍から始まった病気が胃を侵し、やがてそれが腸に転移し、さらに骨髄も侵すような状況へと拡大していたらしい。その間、痛みや苦しさがあって東大の真鍋教授の診察を何度も受けたが、医者や医学を信用していないと公言していた寅彦はよい患者ではなく、本格的な治療を行うことを避けていたキライがある。

そしてついに一九三五年九月、毎年避暑のために訪れていた浅間山麓の星野温泉で腰部に激しい疼痛を覚え、東京に戻って医者に相談して漸く病床に就くようになった。これが第三の大病であり、それが命取りになってしまった。主治医は同じ高知出身の溝淵医師で最後までお世話になり、東大の真鍋教授に精密検査を受けつつ、整形の高木博士の診察も受けていた。病気が深刻であることからようやく内科の専門医の島薗博士の診察も受けることになったが、時既に遅しであった。病勢はますます盛んになって手遅れであったからだ。一二月三一日に亡くなった際の病名は転移性骨腫瘍、ガン細胞が寅彦の内臓を完全に制覇してしまっていたのである。三度目の大病が寅彦の命を断ち切ることになったのだ。

本章は、二度目の大病の前後に焦点を当てる。

寅彦一家の医者頼み

寅彦自身が大病して医者に厄介をかけざるを得なかったこともあるが、第二の大病前から寅彦一家は大変な状況であった。胃の痛みのために寅彦自身が度々学校を休んでいたことを別にしても、一九一四年に母亀と最初の妻夏子の忘れ形見の長女貞子（一九〇一年生れ）を高知から引き取り、二番目の妻寛子との間に長男東一（一九〇七年生れ）、次男正二（一九〇九年生れ）、次女弥生（一九一二年生れ）、三女雪子（一九一五年生れ）と四人の子どもが次々と誕生して、一家は三人の大人と子ども五人の大家族となったのである。そのため、寅彦を含め常に家族の誰かが病気をし、治ってもすぐ次に誰かが別の病気になるのを繰り返しており、感冒が流行れば次々と感染していくという具合で、医者なしではやっていけない寺田家であった。その上、寛子が一九一七年に亡くなっている。

　振り返ってみれば、一九一四年から二一年ごろまでの寅彦一家は、大げさに言えば四六時中医者のお世話になるという状態であった。このように、寅彦は医者に大いに厄介になりながら、次章に見るように、他方では方々で「医者を信用しない」を公言していたことが知られている。「ふだん着の寅彦」は、医者を頼りにしながら、医者への不信感をもつ、という矛盾した人間であったのだ。その理由はどこにあったのだろうか。そのヒントを探るのが本章の目的で、この間の寅彦の日記を参照しながら、彼と医者とのつきあいについてまとめておこう。

寅彦の日記に最初に登場する医者の名前は、一九一二年一月五日の「東一、昨夜より発熱、下痢、篠田医師に電話をかける」である。そこには「先生（夏目漱石）の四女（愛子）も二三日前より高き熱あり、さめずという」と、漱石の子どもも同じだと付け足している。続く一月七日には「東一下痢未だ止まらず、正二熱退《ひ》く。しげ（繁）発熱三十九度」とあり、八日に「坂田医師来たり、繁を診察し猩紅熱の疑いありという。しかし、夕方には三七・四に下る」とあり、一五日には「正二熱降がる。篠田氏来訪、感冒の由」とあるように、次々と子どもやお手伝いさんたちが病気になる様子がありありとわかる。もっとも、このころの日記は途切れがちで（一九一三年の分はない）、念入りに家族のことを書く習慣はまだなかったようだから、以上が全てではない。寅彦は体温を几帳面に測って記録していることに御注意あれ。

次に日記が詳細になるのは、一九一四年一月二〇日からで「東一は夜又発熱、八度四分、医師に見す、感冒にて扁桃腺腫脹《しゅちょう》せる為なりとの事」とあり、一月二一日には「夜、東一鼻血多量に出づ、弥生下痢にて医師の診断を受く」とあるが、医師の名前は出て来ない。二三日「弥生少し熱あり、東一は殆ど快癒に近し」で、二四日には「午後正二発熱三九・七に達す、篠田医師を迎えたれど遂に来たらず。夜熱稍《やや》退く、今日は帝劇見物に行く筈なりしも、子供等病気の為見合せとなる」と、医師が捕まらないこともあって、帝劇に行くことを諦めている。バトンタッチのように、次々と子どもたちが病気になっていく様が目に見えるようである。

尼子先生の診察

そして三月二日に「寛子、尼子医師の診察を受く」と、初めて尼子医師の名前が出て来る。『父・寺田寅彦』の中の「弥生町の頃」で寺田東一が語っている思い出では、「大正四年（一九一五年）には雪子も生まれて家の中は段々賑やかになった。子供たちは実によく病気に罹って、いつも千駄木町の尼子先生に厄介になった。『吾輩は猫である』の尼木先生だと云う話の、好々爺であった。疫痢等の重病の時は根津の神泉病院に入院した」とある。『吾輩は猫である』の主人公苦沙弥先生（つまり漱石）の主治医として登場する甘木先生こと尼子四郎医師が、今度は寺田家の主治医となったのである。寅彦の日記に記載されている尼子医師に診察を頼んだ回数をまとめると以下のようになる。私の数え落としや、寅彦の書き忘れもあるだろうから不完全で、以下は最低数である。

一九一四年	一五年	一六年	一七年	一八年	一九年	二〇年	二一年	二二年
五回	一七回	一三回	二〇回	二六回	一二回	一六回	一五回	五回

一九一四年には一年を通して尼子医師の名前は寅彦の日記に五回しか出てこないが、七月一日から八月一日まで一ヵ月間高知に帰省していた間は片山医師の世話になっており、八月一九日に正二が脳貧血になったときは、再び篠田医師を迎えている。この年は、病気に関してはまだ比較的平穏な年であったのだが、呼んだ医師の名前を克明に記録しているのは寅彦らしい。その後もずっと律儀に記録を続けている。

翌一九一五年一月七日に「寛子二、三日来咳嗽《せき》出づ、尼子医師の診察を受く」に始まり、記録にあるだけで、一年間で一七回も尼子医師のお世話になっている。その間、二月二八日には三女雪子が生まれたのだが祝う間もなく、三月三日に正二に原因不明の発熱があった。尼子先生の見立てではジフテリアの疑いがあり、慌てて五日に大学病院の小児科の藤井学士の診察を受け、六日には培養検査の結果ジフテリアではなく肺炎らしいということで病気の原因は決着した。しかし、正二の熱がなかなか下がらず、今度は一五日に田所医学士に診てもらって一六日に耳の鼓膜の手術を受け、一八日には田所医師が正二の耳の膿を取り去って何とか正常になった。三月二八日には寅彦本人の胸部に痛みがあって尼子医師の診断を受け、神経痛だとして薬をもらっている。

　しばらく小康状態が続くのだが、八月二〇日に弥生が発熱・下痢・吐き気があって尼子医師に来診を頼み、「急性腸カタル稍重症」の診断で根津の神泉病院に入院となった。それに加えて、二一日には母の亀が発熱した。結局、弥生が退院したのは八月三一日であったが、九月二日には寅彦が風邪気味になり、三日は一日学校を休み、四日に「熱はなけれども脳の具合余り悪しき故、尼子医師の診断を受く。神経症なるべしとの事なり」という具合であった。九月二九日には「母上、耳のうしろの瘤を尼子氏に見せに行く、格別の事にあらずとの事」と、少々心配し過ぎの場合もある。一一月二五日には、「隣家の神保医学士を訪い、母上の直腸診察を依頼す」というような世話を焼かねばならず、二九日には神保氏より「即刻入沢内科まで母上を伴い来たれ」と言われて、母親を連れて行き、灌腸し直腸鏡で診察したが何の腫脹も見つからなかったという。

　一九一六年になると、尼子医師が日記に登場するのは一三回であるが、以下のような記述を見ると、もっと多く診察のために彼を招いたのではないかと思われる。

　一月一日「弥生発熱八度四分位あり」、一〇日「東一腸を病み発熱八度一分」、一二日「弥生朝より発熱、七度五分位にて止る」、一八日「東一午後より発熱、夜九度四分に上がる、尼子医師来診」、二〇日「東一は快癒せるも貞子発熱八度三分、気管支カタルの由なり」、二二日「貞子熱九度一分に上がる。扁桃腺潮紅せる由にて咽喉部を冷したれば急に熱下がる」、二三日「(寅彦)夕方少々感冒の気味にて七度二分を示す。寛子も三分あり」、二四日「(寅彦)風邪気なれば休校。終日臥床。幸いにして発熱せず」、二五日「すみ(お手伝いさん)発熱八度一分にて就床。寛子夕方より七度七分に上る」、二七日「雪子発熱」。というふうに、誰かが病気になると伝染するかのように他の誰かの調子が悪くなる、ということを繰り返すのである。

二月一日「(寅彦)昨夜咳嗽甚だしかりし故一日欠勤就床」、二日「母上発熱七度八部位」、三日「母上発熱、夕方八度」、四日「母上熱九度近く上がる。頭部を冷やしたれば八度以下に降下せり」、六日「午後尼子医師来診。母上の容体は宜しき由なり」、七日「母上七度五分。弥生二回嘔吐す」、八日「母上熱漸く退きたり。弥生七度一分位なれど格別の異状なし」、一三日「寛子風邪気にて就床」、一八日「(寅彦)夜発熱、夜中八度三分にて安眠せず」、一九日「(寅彦)朝来熱上昇する故、欠勤す。今日は午後数物例会あり又夜は高嶺君送別会ある筈なれ共いづれも断る。午後九度七分迄上がる。尼子医師来診、頓服《とんぷく》をもらう。夜一〇時頃迄は九度以上に持続したれど、夜半より漸次減退」、二〇日「今日も熱上がらず、夜寝汗、手肢麻痺。昼頃夏目先生来訪されたれど面会するを得ず」、二一日「咳嗽止まらざれば、今明日は休校とす」、二四日「講習所欠勤。引き籠り静養」、二六日「出校。夜発熱少許」、二七日「発熱の気味ある故就床す」、二九日「終日就床。風雨強し」、という具合である。

この間だけで、寅彦本人、母上（亀）、寛子、貞子、東一、弥生、雪子、お手伝いさんが次々病に伏し、尼子先生に再三来診をお願いしている。次男の正二に病気が出なかったのが奇跡的で、その後ケガを含めて彼も尼子先生の厄介になったのは当然である。

親戚騒動のエピソード

少し話が逸れるが、寅彦の日記には多くの親戚の人間が登場する。寅彦の父利正の実家の宇賀家（利正は寺田家の養子となった）、長姉の駒が嫁いだ別役家（寅彦は「べっちゃく」とルビを振っている。駒の子どもが励夫と博、駒の曾孫が劇作家の別役実）、駒の義弟の安岡家（義弟の孫が作家の安岡章太郎）、次姉の幸の嫁ぎ先が伊野部家という具合である。家同士の結びつきが強かった当時には、関係者が高知から出て来ると宿泊させ、また互いの子どもたちの面倒を見るのが普通で、日記に突然名前が出てきて戸惑うことがあるが、面白いエピソードが挟まっていて読んでいて楽しいこともある。

こんな記述がある。一九一六年四月一六日に「正午食後宇賀管雄（日記では管雄になっているが正確には菅雄）突然来る、（略）横浜に着せしとの由なり。昼食を出し寛子に頼みて母上子供等と上野へ花見に行く」と、宇賀家の人間がやって来て歓迎したことをまず記している。ところが、「管雄は米国行きの洋服が入用なりとて金子借用を申込みしも二円だけ与えて返したる由」と、寛子が菅雄からお金をねだられたらしいことを聞いた。その後、四月二〇日に「管雄、横浜より葉書にて金五円無心し来る。船に乗り遅れ云々故、神戸迄行く費用を要す」と書いて寄越した。最初は洋服、今度は船賃の無心で何だか怪しいと思ったのか、寅彦は「管雄の言を確かむる為、横浜港務局へ問合せの往復はがきを出」した。すると翌二一日に「港務部より返事あり。白鹿丸最近の入港なき由なり」という返事であった（このころの郵便がいかに効率的であったかがよくわかる。電報並みである）。そこで「更に、辰馬汽船会社へ問い合わせ出す」と抜かりなく調査を広げるうちに、「管雄より又葉書にて催促し来る」と、様子を知らない菅雄は再度金の催促する始末である。

ますます怪しいと思った寅彦は、菅雄を呼び出したのだろう、二三日に「夜、管雄来たり、汽船乗り遅れの始末を話す。一八日午前出帆前に一寸上陸したるに急に風強くなりてサンパンも止り、水上の舟も出ず、拠《よんどころな》無く乗り遅れたる故、門司まで後を追う旅費を借りたし云々、被災会の証明を貰えば汽車も安くなる云々」と、菅雄は乗り遅れた理由をこのように説明した。寅彦は「港務部の返答を申し聞かせ、乗り遅れの証明を貰って来いとて、電車賃三十六銭を与え帰す。明夜来るべしとの事なり」ということとなった。寅彦は菅雄の言うことを信用せず、乗り遅れ証明を持って来ることを約束させたのである。果たして、翌二四日には「夜管雄来らず、恐らく証明書は得られざるべし」と、寅彦が予想した通りであった。

二五日に「辰馬汽船会社より回答あり。白鹿丸は勝田商会に売却、井手丸と改称の由なり」とすっかり菅雄の化けの皮が剝げてしまった。そこで「夜、別役へ手紙出し管雄の顚末申し送る」と、この不始末を菅雄の実家に告げたのである。おそらく、後片付けのためであろう「宇賀老人より手紙あり。管雄、郷里へも汽船乗り遅れ十五円送れとの請求をなし、その為老人ははるばる田村へ行きなどせし由」と書いている。親類の者が理由をこじつけて詐欺を働く、ということは往々にして起こったことで（そう言えば、わが家でも一九五〇年代にそんな事件があったことを記憶している）、そこは慎重派であり、ちゃんと調査までして相手の瞞着を見破る寅彦であった。こんなこともきちんと日記に書いておくのも寅彦らしい。なお、六月一日の日記に、「宇賀より手紙来る。管雄は栃木県より郷里に手紙を出し、病気故金送れと申送りし由」と、菅雄は相変わらず嘘をついて金をせびっているらしいと、わざわざ付記しているのも寅彦らしい。

漱石死亡の前後

五月六日には「弥生ジフテリアの兆あり。神泉病院へ診察にやる由知らせ来る。病院にて青柳博士の診察を受けたるに、ジフテリアにはあらざるべしとの事なり。しかし、用心の為注射してくれたり」と、重病のときは根津の神泉病院に厄介になることが多かった。五月一三日に「午後夏目先生を訪う。胃痛にて病臥中なりしが、この度は左様の事はなき由なり」と、胃病で休んでいる漱石を見舞った。これが漱石の命取りとなった病気の最初の兆候であった。おそらく、漱石本人の「左様の事はなき」（大事にはならない）との希望的な自己判断の言葉であったのだろうが、寅彦はこれをそのまま受け入れている。六月一〇日に「正二、夜半より体温四〇・〇五に達す、尼子先生を迎え浣腸等をなす。宇都野氏を迎う。午後入院に決し神泉病院に入院、夜病院に泊まる」という記述以外には、家族の者の病気の記録がない（七月三一日から一〇月二九日まで日記は存在せず）。

一一月二七日、寅彦は「午後、少々発熱の気味あり」と記し、翌二八日には「午後は休み、尼子先生を招き診察を受く。感冒なり」との診断を下された。二九日「感冒は快くなりたれとも、胃の工合悪敷くなる」と、胃病の兆候を感じている。三〇日「夜、鈴木三重吉《みえきち》君より手紙にて、夏目先生病気の由、通知し来る」と突然、漱石が重病そうである知らせを受けた。そう言えば、寅彦は他の漱石門下生とは異なり、漱石をいつでも自由に訪ねる特権を得ていた。留学するまでは日記に何度も「夏目先生を問う」と書いていたように頻繁に漱石に会っていたのだが、その習慣は帰国後には時間とともに薄れていたのである。一二月一日、寅彦自身「胃の工合依然悪し」という状態なのだが、二日に「午後夏目先生へ見舞いに行く。重態なり。午後四時半、再度の出血ありたる如く容体悪くなり」と、見舞ったが話をすることができなかった。他方、寅彦の方も三日「朝、黒色の便通あり。胃の具合も依然悪しき故、尼子医師の診察を受く。胃潰瘍の疑いあれば安静を要する由なり」とあるように胃の調子は悪化する一方である。それでも無理をして「午後夏目へ見舞いに行く。経過良好なり」と、病院でなく夏目家を訪ねて漱石の病状を聞いている。

　その最中の四日、「田中舘先生、自転車より墜ち、大腿骨を折り整形外科へ入院さる」というニュースが飛び込んで来た。田中舘愛橘（一八五六〜一九五二）は、日本の地球物理学研究の草分けで、地磁気観測所を整備し航空研究所の創立に力を尽くしたことで名高い。いわば寅彦の学問上の先輩であり、さまざまな面（例えばローマ字普及運動）で寅彦と深いつながりがあった。その田中舘が負傷したのだから見舞いに行かねばならないが、四日の日記の続きに「朝、尼子医師に便を送り、検査を乞い置きたるに、午後同氏来たり、愈々胃出血らしき故、絶対静養を要する旨を言い置き帰りたる由なり」とあるように、寅彦自身が胃の大病に捕まってしまったのである。悪いことは重なって起こるもので、寅彦の進退が窮まってしまった。

五日「欠勤静養に決す」、六日「欠勤」、七日「この夕べより、粥を許さる」という具合で身動きならない。九日「朝、寛子を夏目へ見舞いにやる」で漱石の状況を摑もうとしたが果たせず、「その後に岩波の小僧来たり、先生の容体危篤を報ず」と漱石が危険な状態にあることがやっとわかった。そこで「午後、尼子氏の許を得、車にて早稲田へ行く。最早百万策つきて、唯注射に生をつなぐのみなり、四時頃辞し帰る」と、漱石の死に目に会うことは叶わないと考え、自分のベッドに逆戻りした。今度は大学から寅彦の見舞いに来るという状況のなかで「岩波より使いあり、先生六時四十分逝去の由なり」と、ついに漱石が亡くなったことを知った。「田中舘令嬢見舞いに来らる、田中舘先生は繃帯取り換えの際、痛み又発熱せる由」と、漱石、寅彦、田中舘の受難が重なっての大騒動の一日であった。翌一〇日に「朝、寛子を夏目へ見舞いにやる。午後、尼子医師来たる。大学にて行われし夏目先生の解剖に立ち会い来たりし由」なので、漱石の脳の重量やシワの特徴、潰瘍とともに糖尿病も併発し膵臓が萎縮していたことなども聞いた。

一一日には、長岡半太《はんた》郎《ろう》（一八六五～一九五〇）の紹介で東大病院の真鍋博士の診察を受けることになる。「夜九時頃、小宮君来たり、明日の葬式に呈すべき弔詞を門人総代として認めよとの事なれども断る」と、漱石の葬式に出られない悔しさもあったのだろう、弔辞の詞を記すことも断っている。一二日の葬式には「寛子を青山斎場の葬儀に列せしむ」と寅彦の代理を妻の寛子に頼む一方、「雪子吐き気あり、尼子氏へ連れ行く、午後下痢あり」と、また難事が持ち上がった。「夕方に至り、雪子の容体不良故、尼子氏の来診を乞う。同氏の注意にて宇都野氏を呼び診察を受く。胃腸系感冒にて近時流行のものなる由。（略）一同眠るを得ず」という始末であった。そして一三日「午後三時尼子・真鍋両氏来診。一昨日大学に送りし便には血はなき由、尿にも蛋白・糖分ともなしとの事。しかしとにかく、来たる二十日迄休養すべしとの事に決す。雪子は嘔吐は止みたれども下痢はなお止まず」と、心配はまだあるがなんとか一息つくことができた。その後、尼子医師や真鍋博士の来診があり、また田中舘教授を見舞ったりして、激動の一年が終わる。一二月三一日の日記の最後に「歳晩所感」として、「夏目先生を失うた事は自分の生涯にとって大きな出来事である」と付記している。

祝事と凶事の一年

一九一七年（大正六年）は、寅彦にとっては明暗両方の祝事と凶事の双方が訪れた年であった。祝事は、「ラウエ映画の実験方法及びその説明に関する研究」で帝国学士院恩賜賞を授与されたことと、自らが設計して新築した曙町の家に移ったことである。学士院恩賜賞は、一九一三年に行った結晶のX線回折実験の先駆性が高く評価されたもので、ほぼ同時に独立して同様な研究を行ったブラッグ父子は一九一五年にノーベル賞を受賞している。一方、凶事は一〇月に妻寛子を失ったことである。この一年間で尼子氏を呼んだり医院に駆け込んだりしたのは二〇回を超えており、医者抜きにしてはやっていけない寺田家であった。

元日の一月一日にさっそく弥生が熱を出し、二日には熱が九度八分にも達したので宇都野医師を呼んでいる（尼子氏は熱海に出かけていたらしい）。三日には「寛子下痢体温も七度五分位あり、弥生は最高八度九分」という有様であった。五日に尼子氏が熱海から帰ったので来診を頼み、弥生は気管支カタル、寛子は大腸カタル、雪子も夜半九度五分も熱があった。また、六日には寅彦自身が東大病院の真鍋博士の診察を受けに出かけている。寛子の体調が思わしくないようで、二〇日には耳疾で大学病院の田所医師の治療を受けている。寅彦は、二月三日に真鍋博士の診察を受け、前回の一月六日より体重が二キロ増えていることを喜んでいる。

三月一一日の項に「溝淵忠雄君へ暇乞いに行く。明朝、長岡へ赴任の由なり」とある。一九三二年ごろから、寅彦の主治医が尼子先生から溝淵医師に交代するのだが、このときはまだそんなことは思いもつかなかったのだろう。既に第2章で名前だけは出てきた溝淵医師は、高知の寅彦の隣家の育ちで、寅彦より一〇歳くらい若い人で、母の亀は溝淵家とつきあいを続けてきていたようである。次章に頻繁に登場するので、詳しい説明はその時としよう。

寅彦の体調がじわりじわりと悪くなっていくようで、四月一二日「朝より腹痛、欠勤臥床」、一八日「午後発熱　帰宅後就床、八度位にてやむ」、一九日「欠勤就床、今日は幸いに発熱せず」とあったが、ついに五月六日「急に吐気を催したれば帰宅臥床、夜尼子医師来診明日より便の検査を行う事とす」とあるように、尼子医師に来てもらって相談し、便の検査を再開することにした。七日「欠勤静養」、八日「引続き欠勤臥床、便を尼子医師に送る」、九日（水）から一一日（金）まで欠勤し、一二日に「午前一寸出校、別に障りもなき様なり」とやや自信を回復し、一四日「最後の大便検査を受く、異常なしとの事故、又肉食を始むる事とす」と、検査で異常なしとあればすっかり病気が治ったかのように思い込んで、すぐに肉食に戻っている。ところが、五月二五日「夕方より発熱の気味あり、咽喉の具合悪し、早く就床」と病気がぶり返した模様である。二六日「朝は熱なけれど心地悪しき故休み就床す。午後八度一分位まで出づ」ということもあって、二七日に尼子氏に往診をお願いして「午後尼子氏来診、感冒との事、今日は発熱もなし」と記している。このような不安定な健康状態であったのに、寅彦はやり過ごして真剣に病気と向き合わなかったのである。

　このころ、熊本の五高時代からお世話になった物理の先生で、奇しくも同じ東大の教官になっていた田丸卓郎先生が住んでいた曙町の土地を購入することにし（三四〇〇円、交渉によって五〇円引いてくれた）、家の設計を開始している。六月一二日に恩賜賞を受賞することが決まったが、翌日の新聞に出た写真は西川正治《しょうじ》と入れ違いになっていたという。授賞式は七月一日であった。七月二五日から、寅彦は貞子と東一を連れて高知に帰省した。一九一三年に亡くなった父利正の遺品を整理することが主目的で、倉に仕舞い込まれていた数多くの道具類や骨董調べを行い、処分する方法を決める作業をしたのである。寺田家唯一の男性相続人としての務めであった。遺品には高価な画幅などが含まれていたようで、高値で売っている。八月一四日に東京に戻って来た。

寛子の死

八月三一日「午後尼子医師来診、寛子の下痢診察」と、ちょっと不安である。寛子は妊娠していた。九月一日「寛子便通頻繁となる。尼子氏及び三嶋氏（産婦人科医）来診、赤痢の嫌疑ありとて便を駒込病院に送り、培養を頼む」と最初は赤痢を疑ったが、二日「尼子氏来診、昨日の便、培養の結果は陰性なりし由、但し便意頻りに苦悩多きゆえ、看護婦を頼む事とす」と、赤痢ではなさそうだが、容態の重さから寛子に専属の看護婦をつけることにした。三日には、尼子氏以外に三嶋氏・森山氏（助産婦）が内診に来て、東大の真鍋博士の来診も頼む事になった。真鍋博士の診立てではやはりヂセンテリー（赤痢）との見込みであった。以後、寛子の病態は一進一退であったのだろう、一六日に「寛子便やや固まれるが如し」とあり、一七日「夜、三嶋医師来診、脚気の気味ある故、注意を要する由なり」と小康状態で、二一日には「尼子氏来診、寛子の食物やや寛大になれり、便所も一人行く事を許されしも、まずまず用心して今少し辛抱する事とす」と、何とか危機を脱しそうに見えた。一方で、寛子のことと並行して、寅彦は曙町に残されていた（田丸先生が居住していた）宅地の売買・支払い・家屋の取り壊し等についての交渉などをしている。

九月二六日「八時、尼子、三嶋、真鍋三氏相次いで来診相談。宅にて自然分娩を待つ事とし、明日単仁水《たんにんすい》にて腸洗浄を行う事とす」と、今後の治療方針を決めた。二七日「帰宅したるに森山氏来たり居り、分娩迫りたる由故、準備にかかる。下腹部緊張の感、周期的に起れども陣痛に至らず」という状況であった。二八日「早朝、三嶋氏を迎え診断を受く。未だ分娩の兆しは見えぬ由なり」で、急な変化はなさそうに見えた。

一〇月一七日に「産婆森山氏来たり容体宜しからずという。尼子氏来たり、相談の上、真鍋・三嶋両氏を迎うる事とす。幸に真鍋氏は学校にありし故、直ちに来たり、他二氏も相次いで来診。真鍋氏の意見にては衝心（心筋障害）の恐れありとの事にて、それぞれの手当て相談す。看護婦さらに一名を呼ぶ」と、状況は急変して非常事態を迎えることになった。一八日「朝、真鍋・尼子二氏来診。一夜の中に右肺全部を侵されしとの事、三浦教授の来診を乞う。三嶋氏も来たり磐瀬氏を迎う。人工助産はやめる事とす。（略）呼吸切迫　一時永眠」とあっけない最期であった。その後の寅彦は、淡々として寛子の葬式を行い、形見分けをし、会葬者への礼状を認めている。

一一月二日、「風邪心地故、尼子氏へ行き受診。欠勤臥床」、三日「臥床」、四日「今日も臥床」と、寛子の葬儀等で疲れが出たのだろう、連続して休んでいる。一一月末ごろから、俳句

をいくつも日記に連ねており、

一一月三〇日　親のない子は大人しき火鉢哉

一二月　三日　母はなき子の父に親しむ巨燵《こたつ》哉

一二月二五日　今そこに居たかと思う火燵《こたつ》哉

などの母を亡くした子どもを想う句をはじめ、やっと一息ついた気分を詠んでいる。この間の一二月九日に、曙町の新築の家の上棟式があり、また寛子の遺骨を墓所に収めるため二一日から二五日まで高知に帰郷している。祝事と凶事が重なった、寅彦にとって、実に目まぐるしい一年であった。

家の新築と胃潰瘍

続く一九一八年から二年余りの間に、寅彦は二度目の大病を迎えることになる。一八年に尼子医師を呼んだのは計二六回で、育ち盛りの五人の子どもの病気、年を取った母亀の病気、そして自分の胃病の再発と、病との戦いが終わらない寺田家であった。

その最初は、一月七日「九時頃床に入りしに吐気悪寒あり、胃の出血にはあらずや」との寅彦自身の病気の疑いである。妻を亡くして、台所のことはお手伝いさんに頼み、子どもの面倒は母の助けを得、病気となれば尼子先生を呼び出して相談するというふうに、なんとか沈没しかねない一家のやりくりをつけてきた。その間、新築中の家の進捗状況が気がかりで度々現場に出かけて見廻り、現場監督と工事の詳細について交渉し、相談役に持ちかけてから請求された金額を設計監督に支払うという厄介事もこなしている。また、わざわざ塀や植木の位置や大きさなどの注文を出す一方、折りを見ては弥生や雪子の下着などの買い物にも行っている。寅彦は実に八面六臂の活躍ぶりなのである。そして、そのような細かなことまで律儀に日記に書きつけていることに驚く。

例えば、三月三一日、「硝子屋、経師屋、樋屋、左官も来たれり。左官は二階の漆喰塗りをなせり。三人にて白山の洋食屋に行き種々相談す。明夜金五百円渡す事とす。台所浴室腰板、流し上の棚、包丁かけ等に金二十一円出す事に約束す」と書いている。職人さんとも細かな作業や材料のことなどを話し合い、支払いには十分注意して詳細まで計算していることがわかる。そして四月七日に転宅を開始し、九日に漸く落ち着くことができた。電話局への届、板塀、障子、水道、風呂の煙突、呼び鈴工事、小学校の転居届、区役所への新築届と転寄留届など、実に細かなことにも気を配る寅彦であった。こんなに神経を使えば胃病になるのも当然だろう。

案の定、引っ越しが一段落した四月二二日、「午後腹痛、早く帰宅、臥床」と忘れていた胃痛が再発した。二三日「欠勤静養、昼前尼子氏来診、今度のはさしたる事なしとの事なり」という診断であった。そして二七日「数日来、足重き事、容易に治せず。朝、尼子氏へ診察を受けに行く。脚気にはあらず、疲労ならんとなり」と診断され、「お疲れなのでしょう」と言われて一応安心する。五月には弥生を幼稚園に送ったりして、子どもと過ごす時間を確保している。新築した家で凝ったのは、庭の樹木や芝生や草花を植えるスペースをどう確保し、どう配置するかであった。家のこと、子どもたちのこと、自分の研究のことなど、寅彦の頭と体はフル回転していたことだろう。

やはり無理は利かないようで、七月一日（月）「朝下痢、休校」、九日（火）「朝一回下痢」、一〇日（水）「今朝も一回下痢したる故、休校」と、不気味な兆しが出始める。他方、酒井紳子との見合いは順調に進んで、七月二八日に結納、八月七日に引っ越しとなった。その後、親類回り、挨拶回りなどをして新婦のお披露目をし、無事寅彦・紳子の二人は公認の夫婦になった。その間、九月二日「昨夜下痢甚しかりし故、終日臥床」とある以外、寅彦は健康が回復したように見える。一〇月二九日に「談話会中、宅より電話あり、しん心悸亢進の兆しあり、すぐに帰れとの事なり」との連絡を受け、尼子医師と斎藤医師に来診を頼むことになった。「咽喉に塗薬、右肩胛下に肺炎の兆ある由にて湿布を施す」という緊急事態である。しかし、翌日に「しんもさしたる事なし」となって、何事もなくて済んだ。一一月一日「しん築地の森医師の診察を受けたしと言う。数年前、分娩後に肋膜炎を病みし事ありしとの話あり、夕帰宅、森氏に電話をかけさせ、明日診察を乞う事とす」と、紳子が望む森医師に来診を依頼することになった。

幸い紳子の病気は快癒したのだが、ここで（一一月五日と六日）寅彦は先に述べた紳子の昔の日記や手紙を盗み読むのである。どんな意図があってのことか、またそのことは本来秘密にしたいはずなのに、なぜ日記に書き込んでいるのか、わからない。寅彦が紳子と森医師との仲を疑ったのかも、と思わないでもないが、これはゲスの勘ぐりだろう。他には、一切これに関する記述がないので、謎としか言いようがない。

一九一九年（大正八年）、この年は尼子医師を一二回、真鍋博士を三回、それぞれ診察をお願いしている。やはり、寺田家は病人が絶えなかったのである。実際、正月早々から雪子・貞子・母が次々と発熱し、寅彦も感冒に罹っており、尼子医師のお世話になっている。さっそく一月九日に寅彦が発熱して、一〇日には四〇度四分まで熱が上がって、二〇日まで床についた。そのためもあり、九日から二一日までの日記は「寺田しん子記」となっている。そして、一月三〇日から、二月一五日と一八日分を除いて、この年一杯の日記は「寺田しん子記」である。寅彦の体調が勝《すぐ》れなかったためであろう。「食欲進まず」、「ご気分悪しき」、「胃が痛まるる由」などの記述が続き、四月二一日には「今日学校にて卒倒しかけ、皆々をさわがせ、三浦内科の医学士の診察を受けられし由」とある。ぶっ倒れそうになったらしい。

その後も、不調が続き「この一週間主人は勉強少しもなさらず」（五月一一日）、「この頃、少しも勉強なさらず」（五月一五日）と、紳子が心配そうに書いている。その後、体調を気遣って無理をしなくなったせいか小康状態が続くが、背の痛み、食欲不振、体のだるさを常に抱えている状態であった。七月二八日に大学の真鍋博士の診察を受け、八月一日に手紙で「呼吸器は差し支え無く、胃の出血のうたがい有る由故、一層注意するよう」との結果の報告を受けている。しかし、便の検査が一先ず中止となった八月六日の昼食には上等牛肉の煮付け、夜はうなぎ丼と、すぐに胃に負担がかかる食事に戻っている。寅彦は懲りないのである。以後、一カ月に一回くらい尼子医師に胃の薬を調合してもらう状態が続いている。

そして、一二月五日紳子に学校より電話がかかり、「先生がご病気ですからおしらせします」との連絡が入った。「突然にて訳が分らず、聞き直したるに病気重く先日より悪し」らしい。さっそく駆けつけると、「お部屋に毛布の上に横たわり、金子さん等医師二、三名付き添い、数多《あまた》の人々見守り居る。胃潰瘍にて一五〇グラム喀血されし」という有様である。「あまり重体にてもなく、落付かれし故少しは安心し、金子様にともなわれ三浦内科二ノ側十号の病室を見に行き、（略）やがて主人入室、大勢の見舞い人ありたれど、幸い経過よろし」という具合であった。血を吐いた後は割合さっぱりしたもので、翌六日には「煙草昨日より少しずつのむ」と、好きなタバコは我慢できず、病室であるにも拘わらずすぐに喫煙を再開してしまう寅彦なのである。

その後、三浦医師・三角医師の回診を受けつつ、食事と薬を按配しながら療養に努め、ほぼ一二月一杯を病院で過ごした後の二八日に退院することになった。この間、一ヵ月足らずの入院でだいぶ回復したためか、一二日の「シウクリームのクリームだけ二個」に始まり、おやつや夕食にクリームとイチゴジャムをつけるようになり、時にはビスケット、カステラ、餡菓子、ようかんなどもつけるのが普通になった。寅彦は、胃潰瘍の病床にあったのだが甘い物を絶えず口にしているのである。果たして、医師たちはこの事実を知って許可していたのだろうか。

一九二〇年（大正九年）の一月一日から寅彦自身の筆になる日記が再開されるが、胃病がとりあえず治まって元気を取り戻したのだろう、そこには「今年はもうかまわず年来の不平をドシドシ爆発さしてやろう、失敬な奴等を片はしから退治するのだぞ」と書いている。心機一転して、これまで押さえていた気持を解放させて、生まれ変わった気分で自由に振る舞おうとの意気込みを宣言しているのである。そして、一月三日には学校に出て、田丸先生に「イキナリ学校をやめる事を話した」と、唐突に大学を辞める意向を持ち出した。「学校の人々で、自分の病気など本当に心配してくれる人もありそうもない」と独り合点した挙句に思いついたことで、「学校をやめれば生活は苦しくなる。しかし何時迄も重箱の中に押し詰められて、楊枝でつつかれるような生活をするのもつくづく厭になってしまった。貧乏してもいいから自由な体になりたい、やめてどうするというあてはない」と、先行きのことも考えずに大学を辞めようと思い詰めるのであった。最初は思い付きであったのだが、考えれば考えるほど、辞めるのがよいと思えてくる。五日に「昼前、しんと書斎で色々話をした」とあるから、紳子にも自分の決心を打ち明けたのであろう。

　この一月八日の日記の〔欄外〕に、「患者の内面的状態や内面的生活に迄立ち入った理解をもって治療を施す医者は今の世にあるかないか疑問である」と書きつけている。また、九日付の小宮宛の手紙に「僕の病気は大体はいいのだが、どういう程度になって居るか、これは医者には丸でわからないようだし、自分にもよくはわからない、解剖して見るより外に方法はないようです」とあり、病気の状態について医者は何もわかっていないとの不満を持って、医者に対する批判を書きつけており、彼が「医学・医者は頼りにならない」と公式に言い始めた最初であると思われる。手紙ではさらに「この向きでやって行ったら、今に又段々悪くなって、なしくずしに命を亡ぼすに相違ないと思って居ます」と、一五年先の自分の運命を予期していたかのようなことを書いている。血を吐いて入院し、治療を受ける過程で抱いた未来に対する予感であったのかもしれない。

　医者は頼りないと言いつつも、一九二〇年の一年間に尼子医師をお願いしたのは一六回もあり、少なくとも主治医との付き合いは変化していない。九日には「真鍋さんへ手紙を出して、辞職のため相談したいから時日を知らせてくれと頼んだ」とあって、真鍋博士に病気と辞職のことを話し、診察証明のようなものを書くよう依頼しようとしたのかもしれない（日記には、真鍋先生への手紙に関する以後の消息は何も書かれていない）。一三日に「尼子さんが来た。自分の熱はやはり肺尖だろうという事である。そして「だいぶノイラステニー（ノイローゼ）の様ですな」と云った、そうかもしれない」とカッコに入れて書いていて、自分の病気が神経症であることも自覚していたようである。

　辞職は認められなかったが、講座担当から外してもらえたので授業担当は免除された。一年間大学を休んで静養ということになったのである。その間、胃の膨満や強直の感が続き、便の検査では弱陽性だし、発熱して腹痛と下痢に悩まされながらも、数々のエッセイや油絵を書き始める豊かな一年となった。五月一九日に大学病院で真鍋博士の診察を受け（直接寅彦の面倒を看たのは、助手の古作善三氏）、また検便が再開され、その後毎日のように日記に検便の結果が書かれるが、いつの間にか書かれなくなる。このように検便を始めたり止めたりしているのは何度目だろうか。朝・昼・夜の食事内容を日記の〔欄外〕に書くようになったのだが、ここにはシュークリームやジャムなど甘い物は一切省かれている。おそらくこれら甘い物を食べていたのだろうけれど、寅彦は書かなかったのだ。昨年紳子が代筆した日記には、毎日のように甘い物を食したことが書かれていたことと比べると大違いである。

六月八日に「真鍋さんに手紙を添えて様子を聞く」とあり、一三日に「真鍋氏来所、便は先月二十八日来陰性との事、今度の水曜か木曜、朝食をとらず病院に行きX線にて診察するとの事」とあり、一四日の日記〔欄外〕に「検便を今日限りとす、昼飯より食事制限をやめる」とある。食事制限の解禁を待ち望んでいたのだろう。一六日（水）に「真鍋氏の病院へ行く」とあって、蕎麦ねりを食べて胃のなかをどう動いていくかのX線像をデッサンしている。このころから、静物画や自画像に熱を入れるようになった。二一日の日記に「自画像を新しくやることにした」とある。二三日の水曜日は朝飯を食べてきたので胃の検査は翌日の二四日（木）になり、「病院へ行くと、真鍋さんは未だ来ず、伊藤助手胃液採取」とあるが、胃液が中々出ず、「いきんだらやっと出て来た。少し赤味がかって居た」という始末。「真鍋さんからの電話で、今日の胃液にも血液が混じ、酸強き故、肉食中止、また検便を続ける」という診断となった。

ところが、翌日「当分肉食をやめるから、最後のつもりで鰻を食う」と自分で決めている。医者の言うことを素直に聞こうとしない寅彦なのである。その後また、古作氏による検便結果を、弱陽性、痕跡陽性、陰性などと日記に書き込んでいる。血便は完全には止まっていないようなのだ。八月四日に「真鍋氏に面会、九月以後の事相談、やはり無理をしては悪い故、何とかして貰うように同氏から長岡先生へ話してやろうかとの事故、そう依頼することにした」と、相談がまとまる。六日に真鍋氏を訪ねると長岡先生が来合わせていて、一一月まで現状維持が良かろうということになった。一安心である。

　ところが、八月九日に田丸先生と会ったとき、「静養後、なお快癒せざる場合、神戸の海洋観測所へ行く気はないかとの話あり、夜色々と前途を考えて眠られず、三時過ぎ就寝」とある。寅彦は、いったん考え始めるとアレコレ思考が広がって思い詰めていくタイプである。日記に「神戸へ行く事の不利」を六項目もリストアップして、この話を断る算段をしている。その不利に「コレラペスト等の流行多き事」を上げていて、何だか蛮地に出かける雰囲気である。一一日に尼子氏の家に挨拶に行き、「真鍋氏の処方を用ゆる事になった事を挨拶す」とあって、尼子医師の診療から真鍋氏に乗り換えるかのような書きぶりである。確かに、このころから寅彦から自分自身についての尼子医師への来診依頼は減っているようである。一八日に古作氏から、検便の結果、陽性であるから流動食にせよとの注意を受けている。しかし、空腹時に胃痛はあるが、腸の具合は回復してきたのか、一二月二九日の日記の〔欄外〕に「本日限りにて検便中止、爾後二週間に一度くらい検査の筈」とある。自分で一方的に判断している趣もあるが、とりあえず一安心できる状態に回復したようである。

大病をなんとか克服して

翌一九二一年（大正一〇年）になると、自宅療養が功を奏したのか健康状態がかなりよくなっている。この年の尼子氏の出番は一五回ほどで、家族の者の診察は尼子医師に任せ、自分は真鍋博士・古作学士の方の診断に重きを置くようになっている。ローマ字に凝り、飛行機を礼賛し、さまざまなエッセイに手を出して活動幅が広がった。翌年にはアインシュタインが来訪する予定で、彼に関わる原稿をいくつか依頼されて書いている。

一月一九日、「古作氏より葉書あり、午後来診すべきかとの事」と問い合わせがあり、年の初めに喉から気管支にかけての不調を相談する。真鍋・古作の両氏があたかも寅彦のかかりつけ医のようになっている。二月一九日には、「三日間の便、古作氏へ送る。夜返事あり陰性」という結果となった。雪子が小学校に入学、正二が中学受験で、その二人の学校のことについてアレコレ気を遣う一方、弥生、雪子、貞子の麻疹や母上の病気などで尼子医師には何回も来診をお願いしている。四月二二日より、日記の〔欄外〕に昼と夕方の食事内容と、「自覚」「体温」「陰性（便の様子、痕跡もあり）」を九月半ばまでこまめに書きつけている。七月一五日の

「自覚」欄には「胃は良なれども、腸未だ不良。夕方一度痛み、便通ややしぶる」とある。真鍋先生に言われたのだろう、自己観察もなかなかのものである。また七月二七日には「午後二時、真鍋氏を病院に訪う。爾後は一週に一回ずつ検便の筈、肉食を試みてよし」とあって、肉食が待ち遠しくて仕方がなかったのである。

一〇月一日に真鍋氏と会い、以後神保氏（胃腸病院）の診察を受けることにしたらしい。二日に「尼子氏を訪い、神保氏の診療を真鍋氏に報告、打ち合わせて貰う事を相談す」と、神保氏の診察を正式に受けることを真鍋氏に報告し、尼子氏と打ち合わせて貰うことを相談している。寅彦は主治医の交替にまで気を遣うほど律儀なのである。ところが、五日に「神保氏より電話、やはり真鍋氏を主とし、異状の際意見交換すべしとなり」というわけで、また元通りである。一二日の検便を、「大学（真鍋医師）と胃腸病院（神保医師）と両方へ送る」とあり、一九日に尼子氏が雪子を検診するために来た際、「前回（一二日）の便は痕跡陽性なりしも、軽微の事故、少々の運動可ならんという事、野菜はやはり不消化なる事、アルカリ剤を常用すべき事、分量はさほど控ゆるに及ばぬ事等なり」との、神保氏からの伝言を聞いている。なかなか気が利いた注意事項である。

一一月六日、「朝長岡先生を訪い、明日より出勤の挨拶をなし、気象台に築地君を尋ね、気象の演習の経過を聞く」と、二年近く学校を休んだ後とあって講義の意欲を示し、七日には

「朝九時頃より出校、午前は物理地震地理等へ顔を出し、午後気象演習開始、学生十八名出席」と、張り切っている。こうして、ようやく日常に復帰できた寅彦であった。

続く一九二二年（大正一一年）の日記の一月一日欄に、

母上　八十歳、寅彦　四十五歳、しん　三十七歳、貞子　二十二歳、東一　十六歳、正二十四歳、弥生　十一歳、雪子　八歳

と、家族の者の名前と年齢をまとめて書いている。「これからがんばるぞ」との意気込みで、寅彦の双肩にかかっている家族全員を確認するつもりであったのだろう。以後、一九三〇年まで、尼子氏との関係は切れなかったが、往診の回数は激減し、ほぼ一〇年間で六回程度を数えるほどになった。年を取った母上は別として、子どもたちは成長し、それぞれ健康状態において安定期に達したこともあって、医者を呼ぶことが極めて少なくなったのである。

寅彦の最期を看取った溝淵忠雄医師とは、一九三〇年一月一〇日に「昼頃、溝淵忠雄氏夫妻、森不幸の見舞いに玄関まで訪わる」とあるのが正式な邂逅であろうか。「森不幸」とは、貞子の夫の博通氏が一月六日に亡くなったことを指す。そのときに、溝淵医師が寅彦のご近所に住んでいることを知ったらしい。それは幸いなことであった。というのは、長い間お世話になった尼子医師が一九三〇年七月七日に亡くなったからである。そのことを寅彦は、七月一一日付の小宮宛の手紙に「月曜の朝尼子さんが死去」と書いている。漱石の主治医でもあった尼子医

師であり、小宮は漱石とも深く付き合ったことから、寅彦はわざわざ小宮に尼子医師の死を知らせたのだろう。というような次第で、主治医が尼子医師から溝淵医師へとスムースにバトンタッチされることになった。

本章では、寅彦の厄年を挟む一九一四年から一九二二年頃までの寺田家や寅彦の状態をまとめてみた。寅彦の二度目の大病はまさに厄年に振りかかって来た災厄のようであるが、寅彦自身の家庭状況から言えば当然の結果であったとも言えないではない。さらに、寅彦の健康管理が甘かったこともあり、体が老化の時期を迎える厄年にそれが集中的に現れたというわけだ。その背景には、寅彦の医学・医師に対する強い偏見があったことも否定できない。次章では、三回目の大病を迎えて生涯を終えることになった、その真因を探ることにしよう。

第6章

医者嫌いの寅彦と業病の由来

寅彦の「医者嫌い」の真相

作家の森田草平は「最後の印象」（『思想』）において、一九三五年九月に寅彦と会った時、「どうも腰が痛んで困る。神経痛らしいが、未だ医者にはかからない。僕の病気は、そこらの医者には分らないし、分るような医者は威張ってるから厭だ」と言われたと書いている。「まるで駄々っ児のようなことを言っておられた。「分るような医者」というのは大学のお医者さん連のことらしい」と、特に寅彦が大学（帝大）の医者を嫌っていたらしいと推測している。その時は、五、六年前に森田が帝大の医師についての批判的な論稿を学芸欄に書いたことを寅彦が覚えていて、「「あれは実に痛快だったよ」と、例によって顔中皺だらけにして笑っておられた」とあって、この時はまだ寅彦は余裕たっぷりであった。

ところが、一〇月二四日に寺田がついに病床に就いたと聞いて、森田は寅彦の見舞いに行った。病床に通ると、「寺田さんは「いよいよ降参して医者にかかったよ」と笑っていられた」という状態であった。森田は寅彦がやっと本格的な養生をする気になったのだろうと解釈して秘かに歓迎した。続いて寅彦が解説することには、「医者にもよく分らぬらしいが、何でも腰のあたりの背中の方に、腫物が出来たというような説もある。いずれ永くはかかるらしいが、生命《いのち》には別條ないようだ」ということであった。「私も勿論そのつもりである」と森田は書いているが、この寅彦の弁には、医者を少々見くびっており、自分の希望的観測をあたかも事実であるかのような響きがある。「医者にもよく分らぬらしい」と断定して医者が頼りにならないかのような印象を与え、「腫物が出来たというような説もある」といかにも症状が不明であると言い繕い、そして「生命には別條ないようだ」と自分の希望が事実であるかの如く語っているからだ。寅彦は医者不信の思いを巧みに自分の理屈に取り込み、自分が正当であると相手が思い込むよう誘導しているのである。

　森田との対話に見るように寺田の医者嫌いは本物であったのだが、その真意をまず主治医であった溝淵忠雄博士の文章「病中の寺田さん」（『月報』）から探ってみよう。前述したように、溝淵博士の高知の実家は寺田家と隣同士であり、ほぼ一〇歳寅彦の方が年上で、互いに近所出身ということで付き合いがあった。その彼に対して、寅彦は日ごろから「現代の医学と医者は信用が出来ない、あてにならない」と度々言っていたらしい。溝淵博士は、「寺田さん以外の人がそんな事を言ったら、「物理学的の精確さを以て、医学と医者の頭、殊に私のような石頭を御覧になれば、そう言われるのは当然ですが、しかしそれは余りに酷ですよ」と、恐らく反撃したのであろう」と書いている。医師として、寅彦の独断的な物の言い方に反駁したくなるのは当然である。しかし、そうしなかった。その理由は、「隣りの偉い小父さんと云う下意識は、寺田さんに対する私を、いつも特殊の地位に置いてしまって、この反撃を許容しなかった」ためと述べている。同郷の一〇歳年上の、著名で偉大な先輩を前にして、軽々しく反論できなかったのだ。何しろ相手は東京帝大教授であり、帝国学士院恩賜賞の受賞者であり、随筆の名手で著書もたくさんある人間である。そう易々と反論できないと思ってしまうのが普通であるからだ。

また、下手に反論すれば「物理学的の精確さ」を追求されるのがオチで、そこまで医学が進んでいないことを認めざるを得ないのも事実である。実際、溝淵博士は「これと同じく、何か新しい症状が起って、処置をしなくてはならない時にも、下意識は、その処置が必ず効果的でなければならないと、私に命令する。だから寺田さんの御病気の全経過中、度々困惑した事があった」と書いている。つまり、寅彦は、物理学が諸現象の因果関係を明らかにし、それによって次にどのような手を打つべきかを差し示すことができるように、医学・医者も病気の原因を明らかにし、その治癒のための効果的な処置ができるべきである、と考えていた。だから、そのような処置ができない現代の医学・医師を信用できないと言っていたのである。また溝淵博士は、寅彦の要求が過大であると思いつつ、それを口に出して言うと医学全体が信用されなくなりかねないので、困惑せざるを得なかったのだろう。

現在においても、病気の治療に関する状況として、私たちは患者としてなんとか病気を治してほしいと思うが、病気は個人差が大きいため、物理学のように精確・厳密に一〇〇％確実に効果のある療法が見つかることは少ない。医学が進歩したことは確かだが、この状況は寅彦の時代も今も本質的に同じで、右のような寅彦の医学・医者への要求は厳し過ぎることは確かであろう。科学者としての寅彦は、明確で有効な病気への対処法が見つけられない医学や医者の現状に不満があって「信用できない、あてにならない」と言っているのである。しかし、そもそもそれは無理というもので、医学はまだ（寅彦の時代から八〇年以上経った現在においてさえ）そこまで進んでいない。何しろ人間は複雑系だから個々人によって体質や治療効果は異なり、テーラーメイドのように各人に合った効果的な治療法が見つからないのは当然だと言えよう。

医者嫌いの一つの側面

病気がどんどん進行していた一九三五年一一月五日になって、余りに疼痛がひどくなったため寅彦は思わず溝淵医師に向かって、「「いつになったら治るだろう、次第に悪くなるようだ」と、悲痛な表情で絶望的な言葉を発せられた」そうだ。弱音を吐くためではなく、何とかこの痛みを取り除いてくれ、との足掻《あが》き苛立つ気持から発した言葉であった。これに対して溝淵博士は、「この日は「そのうち良くなられますから」と、お答えしたものの、衷心お気の毒で、嘘言を吐いて、済まないと考えた」とあるように、自分でも信じていない安請け合いをするしかなく、その意味では何ら力になれない自分を心の中で謝るより仕方がなかった。一一月一三日には、「寺田さんは「外へ出て街を散歩してみたい。もう治らないのじゃないだろうか」と言われた。因縁的に寺田さんの生命を引受けて居る私は、今日も又自分の無力を慚ずると共に、寺田さんの言われた「現代の医学と医者は信じられない」と云う事が、しみじみと味わわれ、お気の毒で絶え入りたい思いがした」と書いているように、溝淵博士はあたかも寅彦の病気が治せないのを自分の責任であるかのように、医学の限界と医師の無力さを苦く嚙みしめたのである。そこまで求めるのは医師に対して酷ではあるのだが、痛みに耐えねばならない病人にとってはいっそう苛酷な現実だから、それを思えば沈黙するしかなかった。

　というのは、溝淵博士の続く文章には、次のような考え込ませる思念が書かれているからだ。一一月二八日のこと、「「いつになったら治るだろう」と言われたので、普通の病人に対するように、「今にじきよくなります」と、あっさりお答えしておけばよかった。又少なくとも、この前の程度に、ぼんやりお答えをしておけばよかったのに、寺田さんに対しては、何事についても、相当の確実性がなくてはならない。二度も同じようなぼんやりした事は言えないと考えて、「そのうちよくなると思いますが、はっきりした見当はつきかねます」とお答えした」とある。寅彦は、何度も「いつ治るのか」「このまま治らないのではないか」と尋ねたのだろう。「いずれ治るのでは」との希望を持ったり、「このまま治らずに死んでしまうのでは」との絶望に捉われたりして、心が安定しないのである。病人が常に抱く気持の揺れで、これに対して医者はどう応えるのが正しいのであろうか。

特に、確実なものの言い方を求める科学者の寺田寅彦に対して、溝淵博士はどう応えるべきか悩まれたのであろう。今までのように「そのうち（今にじき）よくなる」と希望を持たせながら、いつだとはっきりとは言わないのが無難なのだが、それではまさに精確なことが言えない医師の逃げであると寅彦に言われるだろう。そこで「はっきりした見当はつきかねます」と、わからないということを「精確」に述べたのだ。むろん、新たな情報を与えたわけではなく、むしろ患者を戸惑わせる返答であったと言えよう。

そのため、翌二九日に、憮然とした寅彦から「昨日のあなたの言葉で、すっかり悲観してしまった。あなたの人柄は、幼ない時から知って居るが、正直過ぎていけない。少しは嘘言も吐かなければいけない」と説教されたのだ。寅彦は「末弘さんも、嘘言の効用（?）と云う本で言って居るように、方便としてつく嘘言は差し支えない。自分の利益のためにする嘘言はよくないけれども、人の利益になる嘘言はつかなくてはならない」のだから、医師も「嘘も方便」

であるべきと説くのだ。科学者としては嘘を許容するのは危険なのだが、医者の場合、特に病気を治せない状況にある場合には、嘘も巧く使えと寅彦は強調するのである。病人であればこその、なかなか説得力のある言葉ではないか。「医学も医者も信用していない」と断言する寅彦だからこそ、そこに嘘が入り込むのも構わないということなのだろう。

　実際、「昨日、治る時期は見当がつきかねると言われたので、将来に対する希望が失くなって、すっかり悲観してしまった」と言い、余りに正直だと、患者である自分としては絶望してしまうではないか。もともと医者が科学者であることを求めているわけではない。だから、「医者はやはり病人を慰め希望を持たせるために、たまには嘘言も必要である。だからあなたも、これからは少しは嘘言を言って、私に元気をつけて下さい」と訴えているのだ。医者とは、患者に安寧な心の状態を維持させ、絶望させずに病気と対面させるという役割がある、寅彦はそう考えていたのだろう。「どうもやけを言ってすまない」と寅彦は謝っているが、本音では、嘘でも患者を元気づけるのが医者ではないのか、と言いたかったのだと思われる。

　そう言われて「一般の病人に対しては、寺田さんの言われるような嘘言は、相当平気で言い得る私ではあるが、寺田さんに対しては、間もなくばれるような嘘言が言えなかった。これが寺田さんを悲観の奈落へ突き落したのだ。誠に済まない事をしたと衷心から後悔し反省したが、あとの祭りである」と、溝淵医師は臍《ほぞ》を噛んでいる。彼は、他の患者に対しては「嘘も方便」

であることを常々実践しているのだが、相手が科学者の寺田寅彦で「医学も医者も信用していない」と言明する人間であったからこそ、自分も科学者の一員として嘘が吐けなかったのであろうと、私は推測している。

溝淵医師は、「考えが足りなかったために、悲観をおさせして、何とも相すみません。私はどんなことを言われても、隣りの小父さんに叱られた子供の感じで居ますから、これからも、何でも御遠慮なく叱って戴き、やけもおっしゃって戴きましょう」と正直に謝り、寅彦も「私もそう思うて居るから、他の人に言わないやけも言うたのだ。これからも折々言うから、何卒その積りで気にかけないで下さい」と応えている。そこは同じ故郷の先輩・後輩だから、お互いに正直に心を通わせることができたのであった。

しかし、このちょっとした言葉の行き違いの背景には、医学を科学として見ることができないが、にも拘わらず医学に頼らざるを得ない寅彦と、医学の限界を知っていて、寅彦の要望が叶えられないことを知悉しているのだが、医学の科学性を少しでも言いたい溝淵医師との間に生じた相互理解のズレ（相克？）という、人間関係の妙が横たわっていることを指摘しておきたい。溝淵医師は、「私は大いに恐縮すると同時に、嬉しく又感激した。しかし私の失言によって、大衝撃を受けた寺田さんの胸の裡は、中々平和に治まらないであろう」と寅彦を気遣っている。それはお互い様で、寅彦も自分は言い過ぎたと思っていたに違いない。そのような心の交流があってこその対話なのである。

医者嫌いのまた別の側面

続く溝淵医師の思い出「病中の寺田さん（続）」（『月報』）から、寅彦の医者嫌いの別の側面を探ってみよう。そこでは「寺田さんの御病気について考察するに、大正八年（一九一九年）の暮に胃潰瘍をやられた」という、二度目の大病に遡っての回想が書かれている。そこでは、「その後一年間は、排便の都度検便して貰われたが、いつも血液反応が陽性に現われるので、こんな状態で、食養生などを続けてやって居れば、徒らに神経ばかり起って仕方がないと云う考えで、検便を止め、胸やけその他の胃症状の起る時には、処方箋の薬を飲んで、症状を撃退して居られたそうである」「その血液反応が陰性となった事は一度も無かった」とある。寅彦の日記にも書かれていたように、検便でしょっちゅう出血が確認（陽性）されていた。従って、この段階では胃のみではなく腸にまで異変が生じており、警告のシグナルが出ていたのは確実である。

私にも似た経験がある。六〇歳になったころ、便に血が混じっていることを自分で見つけ、正式の検便で陽性であることを確認して内視鏡検査を受けた。その結果、直腸部に腫瘍が発見され、それを切除する手術を受けたのであった。腫瘍は直径が二センチメートルもの大きな塊で、「この腫瘍が悪性に変わるとガンになるのですよ。早く発見できてよかったですね」と医者から説明された。そして「腸に腫瘍ができやすいタイプかもしれないので、三年に一回くらいは内視鏡検査を受けるのをお勧めします」と言われたので、三年後に再び検査を受けた。案の定、また腫瘍が発見されて切除してもらった。それから三〜四年ごとに内視鏡検査をしているが、幸いなことにそれ以来腫瘍は発見されておらず、今のところは腸ガンの疑いはないようである。

このように、腸の異常は痛みがなく秘かに進行するのだが、検便での陽性反応という警告シグナルは出ている。それを気にして精密検査を受けていれば、寅彦のガンはもっと早期に発見されていたであろうが、ここに書いているように、彼は血液反応が陽性であることを知りながら無視して医者から遠ざかったのである。自分の病気は胃であって腸ではないと思い込み、胃潰瘍による痛みが治まった段階で、大病を乗り切ったと誤解したのだろう。医学と医師を信用せず、勝手に快癒したと自己判断したためだ。

溝淵医師は「胃潰瘍以来の事を考えてみるに、恐くは潰瘍は約十七年間慢性の経過をとって治癒せず、近年に至って癌腫に変性したのであろう」と判断されている。胃潰瘍が慢性化して後に胃ガンとなり、そして、「腹部膨満の消失した時に触れた上腹の抵抗は、多分癌腫であったろう。しかして、この癌腫が飽くなき暴威を振って、頭蓋骨や脊椎骨、肋骨、骨盤骨等に転移し、骨質を侵蝕して疼痛を惹起し、終に生命を奪い去ったものと考えられる」というのが溝淵医師の診立てである。胃ガンに始まり、さまざまな箇所にガンが転移して最後には骨髄を侵すという病状の拡大ぶりを推測されている。病魔に侵されて苦しんでいる寅彦を、ただ拱手傍《きょうしゅぼう》観《かん》するしかなかった溝淵医師ではあったが、せめてもの精確な診断であった（結果論だが）。

　このことについて、溝淵医師は「寺田さんは、言わば一種の予言者になったように思われる」と、「予言者」という言葉を使って、反語的に医者としての韜晦《とうかい》の思いを書いている。「何故ならば、「現代の医学と医者はあてにならない」と言われた寺田さんである。現代の医学と医者でも、信用して貰って間違いのない一面はあるが、他方に於ては、たしかに寺田さんのいわゆる「あてにならない」一面がある。診断は附いても、治療的に方策の施しようが無くて、死期をまちつつ、姑息な対症療法以上に出づる事の出来ない病気は、正に「医学も医者もあてにならない」病気である。寺田さんは、運わるくも「医学も医者もあてにならない」方面の病気に罹られた。かくして、自言即ち「医学も医者もあてにならない」事を、身を以て立証された訳である」と、あえて「予言者」と呼んだことの意味を明かしている。医師として、寅彦の「医学も医者もあてにならない」という言葉に反発するものの、実際に寅彦の病気を治せないどころか、姑息な対症療法しか施せない自分の無力さを身に染みて感じており、まさに寅彦の予言通り「医学も医者もあてにならない」ことを認めざるを得ない立場を省みての正直な感想であろう。

溝渕医師は、「寺田さんは、そんな病気に罹ろうとは意識されなかったのであろう。しかし下意識は、体内で潜行的発展を遂げつつあった致命的な病気を感知して、かの言を発せられたのではあるまいか」と、潜在意識では自分の病気の重さを知っていたのではないかと推測し、そのために「医学も医者もあてにならない」と言ったのではないかと思ったようである。しかし、それは思い過ごしではないかと思う。実は、後で示すように、この「あてにならない」との言は寅彦が昔から口癖のように言ってきた疑念であるからだ。「寺田さんが、現代の医学を以ては、如何ともする事の出来ない病気に罹られ、私共が、病魔の侵略蹂躪を拱手傍観しなければならなかった事は、ほんとにお気の毒であった」は医者としての敗北宣言ではあるのだが、それは昔も今も、人間が死を迎えるにおいては必然のことでもある。人間は死を克服できないのだし、寅彦は、それを以て「医学も医者もあてにならない」と言ったわけではない。以前から、病気の治療に対する医学・医者の日常的な接し方に対して不信感を持っていたのである。

小宮豊隆の「寅彦のこと」（『月報』）では、ずばり「寅彦は医者を軽蔑していた」と断定している。そして、「医者一般を軽蔑していたわけでもあるまいが、しかし医者は病気のことは何一つ知らない。こんなに人が苦しんでいるのに、その病根が何所にあるかを発見することもできない。医者は体のいい病気の番人に過ぎないと、寅彦は言った」と、断定的に書いている。早くも一九二〇年（大正九年）一月一〇日の小宮宛のハガキで、「今の医者は、みんな人間を十把一からげの物質として取り扱って居る。各個人の生活に立ち入って治療を施すような医者はあるかないか疑わしい。耶蘇や釈迦を生きかえらせて医者にしてみたくなった、せめて先生（夏目漱石のこと）を医者にして僕らのからだを頼んでおきたかった」と書いていて、患者の生活を見ずに物質としてのみ見る医者に対する不信感を露に表している。それから一五年後の一九三五年一〇月一六日付で、小宮は「エライ医者なんかにかかると、いい加減オモチャにされて、それで結局はなおる時が来なけりゃ治らないのだから」と書いた手紙を寅彦からもらっており、「エライ」「オモチャ」とカタカナにしているように、やはり医者に対する不信の念がずっと続いていたことがわかる。何だか寅彦は医者に対して無理な注文をしていると言えないでもないのだが……。

　小宮もそう感じたのか、「押し詰めて行けば、結局はそういうことになるのかもしれない。しかし、医者にも藪医者もあれば名医もある。そう一概に言うわけにも行かないだろう。のみならず、病気にも恐らく個性があるに違いない。いくら名医でもその病気の個性に馴れるまでは、それを適切に処理することは困難であるに違いない」と常識的な意見を述べており、寅彦よりは穏当である。小宮は「文学的に」人間の病気や、医者の病気や病人への対応ぶりを見ているのだが、寅彦は医者を科学者と見做し、「科学的に」かつ明快に病気の原因や治療法を示して治癒しなければならないと思っていたに違いない。我儘な「箱入り息子」として、医学・医者への過大な要求を持っていたと言うべきかもしれない。

それに応じるかのように、小宮は「寺田寅彦のようなオリジナルな人間の病気は、或は非常にオリジナルで、普通の医者には手のつけようがないものでもありうる。もっと好い医者に度々診てもらって、病気のオリジナルな点を捉まえてもらわなくてはいけない」と寅彦に言っている。さて、寅彦がオリジナル（独創的）な人間だからといって、オリジナルな病気に罹るわけではないだろうに、と思うがいかがなものだろうか。これに対して、寅彦は「なるほどそうかもしれない、医者はすべて一般的なことしか知らないんだからな」と答え、小宮の意見に同意している。一般的なことしか知らない医者は、オリジナルな病気に罹った寅彦の治療はできないというわけだ。といって、「それでは誰に診てもらおうかなどとは、別に言わなかった」のだから、寅彦がオリジナルな点を捉まえられる名医の名を思いついたわけではない（最後に東大の島薗博士に診てもらうことになった）。

小宮が、「あなたのような用心深い人が、どうしてこんなになるまで無理をして来たのです」と尋ねたら、「寅彦は、こんなになるとは知らなかった。知らなかったんだから仕方がないと、吐き出すように返事をした」とある。小宮から見れば、「専門の学問のみならず、生活の上でも、あらゆる可能の場合を考えた上で一切を処理することに馴れ、かつそれを考えることが得意ででもあれば好きででもあった寅彦が、この病気に限って、あらゆる可能の場合を考えることを怠っていたのである」と、何事も用心深く考え、慎重に対処する寅彦なのに、なぜ自分の病気のことについてもっと気遣いをしなかったのだろうかと疑問を抱いたのはもっともなことである。予言者が自分の未来を予言できないように、他人のことには微に入り細に入り気遣いをする心配性の寅彦だが、いざ自分のことになると想像力を発揮できなかったのである。

　小宮が到達した結論は、「これは、むろん寅彦に医学上の知識がなかったせいだったのに違いないが、しかし一面から言えば、そうなるのが寅彦の運命だったのだろう」という「運命論」であった。そう言ってしまうと、もはや議論のしようがなくなってしまう。ここはやはり、医学上の知識がなかったのは、そもそも寅彦が医者に不信感を持ち、あてにしていなかったため、自分の病気について文献で調べたり、他の医者と相談したりすることを怠ったためと言うべきではないだろうか。寅彦は、子どもが風邪をひいたりしたときは、すぐに医者に行くようるさく言ったが、医者の実力は風邪を治す程度でしかないと思っていたのかもしれない。もしくは、子どもには医者へ行くことを勧めるくせに、いざ自分が医者通いをするとなると面倒になり、サボろうとしたのだろうか。それが「医学も医者もあてにならない」という言葉の本当の理由で、まさに第三のダブルスタンダードに由来する心理であったのではないか。

寅彦の次男の正二が「亡父の思い出」（『思想』）において、こういうことを書いている。「私たちはよく父に自信があり過ぎるといって叱言を言われた。この場合の自信の意味は今ここに説明する必要はない。が、私の思う所では父自身もある意味で非常な自信家であった。この場合の「自信」は悪い意味では決してないのだが。この父の自信は色々な方面において現れたが、その一つは自分の身体に対する自信である」との見解である。寅彦が自分の体に「自信」を持っていたことが、医者に頼ろうとしない原因であったのではないかというわけだ。つまり、「父は他の人の身体に対しては、極度に神経質で心配性で用心深かった。私たちがちょっと風邪気でも、ちょっと熱を出しても、すぐに医者に診てもらわねばならなかった。それに引きかえ、自分の身体に対しては、自分の事は経験で自分でわかると言って、少し具合が悪い位では滅多に医者に診せることをしなかった」と回想している。

自分は病気になることはない、という私たちも何となく思い込んでいる「自信」を寅彦はことのほか強く持っていた。それは、「といっても不養生なのではなく、自分ではかなりに節制をまもって、自分で養生したのである。自分の身体は自分でわかるという自信は、今度の病になるまでは恐らく一度も破れることがなかったらしい」というもので、暴飲暴食はしていないし、体に無理をかけてきたつもりはないし、それなりに自分の体をいたわってきたという自信があるので、今さら医者にかかれるか、との思いもあったのではないかという解釈である。

しかし、コーヒーには目がなく、タバコや甘いものを節することができなかったのは前述のとおりであるのに、彼の日記には絶えず「発熱」「胃の痛み」「下痢」などが書かれており、普段の健康状態に「自信」を持っていたとはとても思えない。小さな病気はしょっちゅうしても、それは業病ではないとの根拠なき自信（願望）に捉われていたのかもしれない。ダブルスタンダードと呼ぶ所以である。

そのことをよく知っている正二は、寅彦が死の床に就く直前の一九三五年の夏、信州の沓掛に出かけ、子どもたちとともに小浅間や離山や愛宕山に登ったときのことを、「私達子どもはいつも老人があまり無理をしない方がよいのにと考えていた。しかし、父の体に対する自信を充分知りすぎるほど知っている私達は、敢えて止めだてもしなかった」と書いている。しかし、「いくらか病気を早めるか苦痛をより大きくしたということは考えられる」と、父に無理をさせたのではないかと後悔している。そして一一月の半ば、病室を見舞うと、寅彦はいかにも疲れ切ったような微苦笑を口許に漂わせながら、「やや夏に無理したのがたたったらしい」と正二に言った。これを聞いて、彼は「実にいたましい感じを受けた。恐らくは父の身体に対する強固な自信が無惨に壊れた最初の場合ではなかったろうか、とふと思ったのである」と書いている。寅彦は、自分の体に対する自信が壊れたとともに、医者をずっと敬遠して遠ざけてきた自分の重大な失敗を、初めて覚ったのではないだろうか。

困り者の病人

『思想』には小林勇自身が執筆した「御病室にて」が所載されているが、そこに一九三五年九月終わりごろから、寅彦が死の床に就く直前そして死に至るまでの、親密であった二人の間の遣り取りが書かれていて感動を誘う。

九月二七日に小林（と堤さん）が寅彦の曙町の居宅を訪ねている。このとき寅彦は、和服にステッキを突いて応接間に出て来て、「腰が痛くていかん」と言いながらも元気に見えた。「この日の先生は腰かけて話していると、少しも日頃と変わったところがなかった」のである。「先生は腰の痛むのは神経痛だと独りで決めていた。医者に見て貰う方がよいでしょうとすすめると、医者に見て貰ったところで、言うこと、治療法などはきまりきっている。自分でやる方がよっぽど確かだ」と言っている。やはり誰に対しても、医学や医者を信用しない考えを披《ひ》瀝《れき》していたのである。そして「尤も、家内はやかましく医者にかかれと言いますよ。僕が大げさなことを言いながら、医者にもかからぬのは好き勝手からだと言っていますよ」と、家人からも医者を勧められているのだが頑固に断り続けていたことがわかる。医師にかからない頑固な病人は、家族の者にとっては困り者であることに寅彦は気づかないのである。

一〇月三日に小林が寅彦邸を訪れた時には、寅彦は既に二階の部屋に寝ていた。まだ、病気が深刻で命取りになろうとは思っていなかったためであろう、タバコを絶えず吸いながら、上機嫌に話していた。その時、「医者にとうとう見て貰ったよ。家内が医者にもかからずにいては体裁が悪いと叱るからね」と言っている。ようやく本式に医者の治療を受けることを決心したのだが、それは寅彦自身が進んで医者の診察を受けようとしたのではなく、奥さんの紳子の強い勧めがあってのことだとわかる。寅彦は「医者に行きたくない」と駄々っ子のように抵抗していたのだろうか。そして、「「診断書でも書いて貰って大学へお届けでもするか」と自嘲的に言われた」と小林が記録している。医者は診断書を書く役割で、そこに決まりきったことを書き、寅彦は「フフン」という感じで診断書を受け取って大学へ提出するだけのことで、本人はすぐにでも復帰するつもりであったことが窺われる。「医者の言うことなんて聞かぬ先からわかっているよ。全く自信がないのだ」と、まさに医者を見くびったような言い方をしている。

ところが、一方では「痛くなり出すと、とても堪らぬ。泣き出したい位だが、誰も本当にしてくれない」と不平を言っている。寅彦が被っている痛みについて医者はわかってくれない、ということらしい。医者の立場から言わせれば、やっと正式の診断を始めたばかりの患者なのだから、具体的な痛みがすぐにわかるはずがないということなのだろうに。

そして、第3章で紹介した、ステッキで縁側を叩いた話が出てくる。「昨日もいくら呼んでも誰も来ないので、ステッキで縁側をトントンたたいてもなかなかやって来ない。しまいにとうとう硝子戸を二、三枚たたき割ってやろうと決心したら、そこへやっと家内が来たよ。お隣へ大工が来ていると思ったと言うんだ」と、寅彦は小林に訴えている。「トントン」叩くとか叩き割ってやろうと「決心したら」というふうに、少し自分の行為を穏当に言っているところがあって微笑ましい。その時、「自分の知人に、常日頃非常に家人に対してやかましい暴君の男があったが」とわざわざK君の話を持ち出す。その理由は、寅彦も同様に家人の厄介になるかもしれないから、硝子戸事件のような威張った態度はよくない、家人にやさしくしてやれと言われることを前もって警戒して、「僕の場合、病気は何でもないのだから家の者の御機嫌など取らぬよ」と言うのが目的であったらしい。この言葉から、一〇月初めの段階では、寅彦は自分の病気が深刻であるとはつゆとも考えていなかったことがわかる。

その後、また小林が寅彦の見舞いに来た時、「医者に自信がない。僕は六十になったら、医者になってやろうかと思うよ。僕が医者になったら天下の名医になる」と冗談めかして言っている。寅彦が医者を信用しない理由に、医者が寅彦の病状にしっかりと自信を持った診立てをした、という経験がなかったためかもしれない。自分（寅彦）なら、物理と同じで、こうと見当をつけたら間違いなく診断することができるのに、との自信があったのだろう。

そう言えば、溝淵医師の「病中の寺田さん」（『月報』）の文章のなかで、「ある日、寺田さんは突然、「今度治ったら、医者をびっくりさせてやろうと思って居る」と言われた。「何ですか」とお聴きすると、「肺のレントゲン写真で、陰影が病的であるか非病的であるか判然しない場合に、その区別が明瞭に判るような器械を作ろうと思うている」と言って、その器械の原理を説明せられた」、というエピソードを紹介している。溝淵さんが「一、二年前、寺田さんの御依頼で、ある人の肺のレントゲン写真を観た事」があり、そのときのレントゲン写真の陰影程度ならば病人にも健康者にもあるので、病的か非病的かが判定できないと言ったことがあった。そのことを覚えていて、寅彦はもっと鮮明に像が出る工夫はできないかと考えていたらしい。つまり、当時の医療技術の限界を知り、それを科学の力でどうにかできるのではないかと考えていて、医者が自分と同じように自信を持って病気との戦いに挑めばなんとかできるはず、と思っていたらしい。さしずめ、現在のＡＩ（人工知能）診断のようなことを考えていたのだろうか。ところが、そういうことに医者たちが一向に手をつけようとしないので、医者や医学はやはり信用できないと言っていた可能性もある。

医師派遣画策騒動

寅彦の見舞いを終えた翌日、小林は堤さんという方に寅彦の医者嫌いについて相談してみた。「一般的に医者を悪く言っても、内心誰かに断定的に病気を定めて貰いたいと希望していると考えた」ためである。人間は、思う事と言う事が正反対であることが往々あるからだ。そこで「私（小林）は先生（寅彦）がA氏の悪口を言うのは、A氏に診て貰いたいという心持をわざと反発しているのではないかと考えた」とあるように、寅彦の屈折した心理をそう読み取った。そして「堤さんと相談の結果、それを依頼するのはBさん以外にはないということになった。Bさんならば先生にもA氏にもよかろうというのだ」というふうに、人間関係を考えて手順を画策しようとしたのである。その結果、「堤さんは、その日のうちにA家を尋ね、A氏をBさん自身が、寺田先生にだしぬけに連れて行き、診察してもらうように頼んだ。Bさんは万事承知した。飲み込んだから安心していろと言ってくれたというので、喜んだのである」と、ややこしい交渉を経て、寅彦を診察する段取りの相談ができたのであった（原文は、Aはxx、Bはxとなっているが、A、Bとした方が読みやすいので、ここではA、Bと表記した）。

わかりにくいので整理すると、

（1）寅彦がA氏の悪口を言うのは、かえってA氏に診察を望んでいるためではないかと推測し、

（2）堤さんとともに、A氏から寅彦の診察をする了解を取っておき、

（3）BさんがA氏を連れて寅彦宅を訪れ、

（4）Bさんが寅彦を説得してA氏の診察を受けさせる、

という段取りである。

このように寅彦の周囲の人間は、医者を信用しないと言う寅彦を説得して、何とかちゃんとした診察を受けさせようとしたのである。「しかるに、その日も、翌日も何も音沙汰がない。堤さんに電話で問い合わせると、自分一人で見舞いに行って来た」と言う。それでは約束が違うではないかと、段取りをした小林は言ったのだろう、堤さんは「Aを見舞いに連れて来るから診て貰ってくれと言ったら（寅彦に）「断じて駄目だ、自分の身体は自分の勝手にする」と断られた。私も、「二人会わせて、もしいがみ合われては困るから（会わせなかった）」という返事であった。私たちは失望した」という結果になってしまった。

つまり、寅彦がA氏の診察を秘かに望んでいるであろうと勝手に解釈して、寅彦とAの二人を会わせるよう仕組んだのだが、その前段階で寅彦の強い拒否に遭ってしまい、この作戦は成

功しなかったのである。有能な医師のA氏なら寅彦は診察を受けるかもしれないと考えたのだが、それは甘い見方で、寅彦はいかなる医者であろうと、押しつけられることを断固拒否しているのだ。寅彦の医者嫌いは、やわなものではなかったと言えよう。

小林は、「この事は今でも遺憾に思っている。たとえどのような事情があったとしても、Bが自分の見舞いとしてAを連れて行ったならば、先生といえども無下に断ることはできなかったろうと思う。この時、もしAが診ていたなら病気はもっと早く根本的な治療ができたかもしれない。たとえ、必ずよい結果を得なかったとしても、先生の命をあるいはもう少し永く保たせ得たかもしれない」と悔やんでいる。死者を前にすると、残された者はもっと何かできたのではないか、ああすれば良かったのではないか、と後悔の念を抱くものである。小林は、そう思いつつ「万事は過ぎ去った茫々たる中へ消え去るべき事であろう」と覚ったような弁で締めくくっている。

この医者を診察に派遣する段取りには後日談がある。一〇月一八日のこと、理研の渡部哲君が秋の講演会のための研究打ち合わせに寺田家に来ていたのだが、ちょうど行き合わせた小林勇を前にして、寅彦がこんな愚痴というか嫌みを言ったのである。「渡部君は以前病気で熱があるのに、僕に黙って勉強していた。それを知っている友人や先輩が僕に何も言ってくれない。僕がまるで熱があっても具合が悪くても、休んではいけないとでも言っているように見えるじゃないか。諸君には、僕がそんなに頑固で勝手なわからずやの親爺だと思われているのだろうか。僕は本気になって怒ってしまったよ」と私（小林）に話される。傍で渡部君は赤い顔を一層赤くして困ってしまった」とちょっとわけがわからないことを言い出した。理研内部のことだから小林勇に言っても仕方がないことだし、渡部君は熱を出したことを寅彦に言わずにがんばっていただけだから、これもとやかく言われる筋合いではない。また、寅彦が非難したかったのは、渡部君の状況を知りながら寅彦に伝えなかった理研の研究室の先輩たちであるから、小林勇と渡部哲君がいる場で寅彦の言うべきことではないのである。

　しかし、あえてこのような嫌みが出てきたのは、むろん小林勇に言いたいことがあったためだ。むろん小林も、「この日、私は先日の一件をきっと言い出すだろうと覚悟をきめて来た。言い出したら潔く白状してしまおう」と寅彦が言い出すことを察して、謝ろうと思っていたのである。「先生の鋭さにいくら隠していても、これがわからぬ筈はないし、失敗したけれども悪意から出たことでない。我々の行動を一度は叱っても、許して下さるだろうと考えたのである」というのが正直な心境であった。ところが、渡部君についての思わぬ非難（愚痴？　嫌み？）が寅彦の口から出て来たので小林は面食らってしまった。寅彦も小林勇相手に、面と向かって「先日の一件」の文句を言い難かったのだろう。そこで、言っても仕方がない渡部君のことを、まず話題にすることにしたのだと思われる。

「果たして先生は暫くして口火を切られた」とあるように、寅彦はおもむろに小林に問い質す姿勢に転じた。そして、「「この間、突然Bさんが見えたよ」こう言って、じっと私（小林）の顔をご覧になった」といよいよ本題に入ることになった。「実に不思議なことでBさんが僕のところへ来たことなど、初めてだからねえ」と、ちょっと皮肉を交えて続ける。「そしてAを連れて来るから是非診て貰えと言うので、断然はねつけたよ。痛快に断ってやったさ」と、医者を拒否する姿勢を堂々と主張する。「痛快に断ってやった」とは、実に果敢な言葉であるが、それを言ったのが寅彦だから小林はウンともスンとも言えない。ここで小林が「又（寅彦が）私の顔を見る」と書いているから、始め寅彦は小林から目を逸らしていたのだろうが、「断然断った」と言った後正視して、「全く不思議なんだ。Bさん、岩波で僕が寝ていることを聞いたと言っていたが、店へ行ったかね」と尋ねる。Bさんが寅彦を尋ねることになった黒幕は小林であろうと見抜いていながら、知らん顔して問いかけたのである。

この尋問に対して、小林は「さあ店へお出でになったかどうか知りません」ととぼける。すかさず寅彦は「僕はねえ、君のとこの店へBさんがやって行って、それで君らが寺田は頑固だからBさんの言う事ならきくだろうと思って、それで寄越したのだろうと思ったよ。押さえがきくと思ってね」と言うように、ずばり小林らの作戦を見抜いている。そして「しかし僕は断然はねつけたよ。これは君のたくらんだ芝居だと思っていたがね」と畳みかける。何も返事がないので「邪推かな」と、一瞬寅彦は疑問を抱くが、思い直してその作戦には乗らないとばかり攻撃を続けて、「君はBさんに会わなかったかね」と追及する。小林が「会いません」と答えると、寅彦は「君はBさんと親しいかね」とさらに厳しく追及する。「いや、一、二度会っただけで口をきいた事はありません」と小林はタジタジの態で、寅彦が刑事役になって、犯人と目する小林に尋問をしているかのような風景である。

小林は、「この問答の間、私は平然としていたつもりである。事実、聞かれただけのことに対しては私は嘘はつかなかった」と心の内を書いているが、内心びくびくであっただろう。「もし先生が「君がBさんを頼んだか」と問われたら「ええ」と答えるつもりであった」とあるように、いよいよすべてを白状してしまうことを覚悟していたのである。しかし、「先生はそうは言われなかった」。寅彦は大体事情を察していたのだが、武士の情けで最後は刀を収めたらしい。

小林は、「私は内心、もはや先生がすっかり見抜いていられることを考えた、いくらごまかそうとしたところで、ごまかせる相手ではない。だが、今先生の感情を刺激することを避けねばならぬし、また計画が成就しなかったという忌々しさも手伝い、堤さんの名を出すには了解を得てからにしたいという考えもあって、黙って煙草をふかしていた」と、内心いろんな考えが交錯し、素直に寅彦の予想通りであると認めて謝る気にもならなかったのだろう。この辺りは、腹の探り合いやら、相手への思いやりやら、大人同士の駆け引きやらが混じっていたと思われる。「しばらく経って、先生は「そうか不思議だな」と言われた」との一言で、医師派遣画策騒動は終わった。寅彦の、誰であれ医者を信用しないとの頑固さが勝って、先手を打ってその段取りをぶち壊してしまったという次第である。

最後の抵抗

このような騒動があったのは、小林に言わせれば、寅彦が「幼少のころから先生のところへ出入りしている内科の溝淵博士に診て貰ったのみで、他の医師を迎えることを承知しない」ためである。ところが、「家族の人々、周囲の人々は誰か他の医者にも診て貰うことを希望していた」。そこでようやく、一〇月二八日には東京帝大の整形外科の高木博士が診断の助勢をするようになった。「単なる神経痛ではない。脊髄に何か変化がありはしないか」と寅彦自身が疑いを持って、専門医を頼むようになったらしい。高木博士は数年前に雪子が骨折した時に厄介になったこともあって、診察を頼むにおいてハードルは低かったのだろう。そして一一月三日から、同じ東京帝大で内科の島薗博士の精細な診察を受けるようになった。いずれも「時既に遅し」ではあったのだが。

この段階でも、寅彦は「今の医者は、部分的、専門的には偉いかもしれないが、全体のことがわからない。何も人間の体が部分部分別々に存在しているのではないのに、他のことになると全然わからない。わからないことを普通にしている。これでは駄目だ」と持論をぶっていた。この西洋医学批判は現在でも通用する。肉体を各臓器の集合体として見、その各々の臓器の専門家はいるが、全体の整合性や調和を専門として診断する医者がいない、という批判である。その意味では寅彦の医学・医者への不信感は正しいのだが、痛みを減らし、苦痛から逃れさせる医の技法も重要で、その経験を積んだ医者は信用して然るべきなのである。そのことがわかったのか、「もう大先生に診て貰ったのだから安心だよ」と言ったそうで、実は内心では名医の診察を待ち望んでいたのかもしれない。

事実、いつの日か小林の記憶にははっきりしないのだが、高木博士や島薗博士の診察を受け始めたころ、寅彦が「今度は失敗だったよ」という言葉を呟いたらしい。小林は「それは早く医者にかからなかったという意味であったようにとれた」と推測している。寅彦は命を奪う病魔に襲われて、医者を信用しないまま自分に近寄せなかったのを「失敗だった」と思ったのかもしれない。

寺田正二の高校時代の友人である長谷川千秋が書いた「寺田先生」(『思想』)によれば、一九三五年の夏に寅彦が浅間に登ったとき、小宮と長谷川に宛てた寄せ書きが届き、「僕は年々丈夫になるようです。この勢いでいくと、八十にしてアルプスを踏破できるでしょう。寅彦」とあったそうだ。しかし、それに続いて病気や、病気のために起こる意のままにならない状態に癇癪を爆発させた葉書が届いたそうで、心と体の調子が大きく揺れ動く寅彦の様子がよく表れている。

そして、長谷川が一一月半ばに寅彦を見舞ったとき、「先生は毛布の下に申し訳ばかりの膨らみになって横たわっていた。変わり果てた苦痛に窶《やつ》れた姿は幽鬼の様だった。どう眺めても否みようのない死の影があった」と、寅彦の痩せこけた姿を茫然と見つめるのみであった。枕元に座って「いかがですか」と尋ねると、「ありがとう、この頃はだいぶいい。苦痛も薄らいだようだ。僕の病気は永いが治るから安心だ。今は痛かった場所は鉛のように痺れている。痛い時は堪らなかった。堪らないから大声で叫ぶんだ。それが一番いい。又そうするより外はないのだ。僕は凡人だからね」と応じている。実に殊勝である。「僕の病気は永いが治るから安心だ」という言葉は、見舞いに来た人に心配させない配慮もあっただろうが、自分を元気づけるため、自分自身に大丈夫だと思い込ませるためでもあったに違いない。そして、痛くて堪えられないときは「大声で叫ぶ」、「自分は凡人だから」と、極めて当たり前の人間の、当たり前の叫びなのだ、と自分を平凡な人間なのだと強調して語っている。誇り高い寅彦であるのだが、これが死を前にした正直な気持であったのだろう。

前述したように、雪子が青木滋と結婚式を挙げたのが一一月一九日、東一と小野禮子との婚約が整ったのが一二月二七日だから、一二月三一日に逝った寅彦の心残りを幾分でも癒すことになったのではないだろうか。

寅彦の業病の由来？——X線回折実験

寅彦は「転移性骨腫瘍」で最後の二ヵ月間は痛みに苦しめられ、ついにこの業病に屈したのだが、そもそもなぜ彼がこんな病に取り憑かれたのだろうか、とふと考えた。そして、若いころに寅彦がX線回折実験を行ったときに浴びたX線による、晩発性疾患ではないのかと思ったのである。私には医学の知識は皆無であるから、荒唐無稽の空想に過ぎないのだが、当時X線などの放射線障害についてはまだ十分知られておらず、寅彦もあまり注意をせずにX線を扱った。つまり、知らぬ間にX線を多量に浴び、その後遺症による細胞のガン化が全身に及び、彼の命を奪うことになったのではないか、と想像したわけだ。むろん、具体的な証拠も、間接的な兆候も、その可能性を指摘した論評もないから、奇想天外な思い付きにしか過ぎないのだが、これについて状況証拠を検討してみるのも興味あることではないかと思い、付け加えておくことにした。

そのことをちらりと思わせるエピソードが一つだけある。安倍能成《よししげ》が「寺田さん」（『思想』）と題する文章において、夏目漱石から聞いた話として、「ある時「寺田がこの頃、全然性欲が衰えて困ると言っていた」と言われた。その次に逢った時には、「この間また寺田が来て、あれはエッキス線の実験をやっていたせいだということが分かって安心しました、と言っていたよ」と言われたりした」という短い話を紹介している。このエピソードは、安倍能成が、漱石と寅彦が非常に親密で、性欲に関わる話題でも二人は自由に話せたということを示すために書いたものである。しかし、これはX線が寅彦の業病の原因になったことを示唆していると言えないだろうか。

寅彦が、医学部で使い捨てられていたX線発生装置を修理し改良して、固体のX線回折実験を行ったのは一九一二～一四年（大正元～三年、寅彦が三四～三六歳）のことで、この間に雑誌「ネイチャー」に発表した二編を含めて、全部で五編の関連論文を発表している。だから、右の性欲が衰えたという漱石との会話もこのころであったと想像される。

寅彦は「性欲が衰える理由がX線の実験にある」と思い当たって安心しているのだが、逆にもっと深く考えてみるべきではなかったか、と思う。というのは、性欲が衰えたことが確かに実験でX線を浴びたためと考えるなら、物理学者としてより進んで、X線が人体にどんな作用をするのか、その作用は一過性なのか長期に影響するのか、などを検証してもよかったからだ。現に性欲を弱めさせるような人体への悪影響があることに気が付けば、突っ込んで調べてみる価値があった。そうしていたら、X線の人体に及ぼす悪影響というような、今日放射線物理学と呼ばれる分野の開拓者となっていたかもしれない。むろん、X線（一般に放射線）の人体への悪影響については、当時まだほとんど注目されておらず、またその作用を実際に調べるための実験法も開発されていない段階だから、そこまで要求するのは無い物ねだりに等しいことは事実である。しかし、性欲が衰えたことを記憶していて、晩年の病の床に就くようになったとき、寅彦のことだから二つを結び付けて考えてもよかったのに、と思ってしまう。

　実は、寅彦は既に一九〇七年（明治四〇年、寅彦二八歳）に、東京朝日新聞に科学の話題を「話の種」という表題で執筆しており、そこで「この線（X線）のために癌腫を生じた例があるから注意を要するとの事」（九月四日）、「始終X線を使っている人は、往々不思議な恐ろしい病気に罹るそうである。この病のために死んだ人は米国だけで既に四人いる」（一〇月九日）と書いていて、彼はX線が体に悪いことを知っていたのである。若い時代に書いたものであり、即効性の病気だと思っていたため、すっかり忘れてしまっていたのかもしれないが、思い出しておればと悔やまれることである。

先に述べたように、一九一八年（大正七年、寅彦四〇歳）の暮れの胃病から翌年の一九年に胃潰瘍で喀血し、翌々年の二〇年（四二歳）の一年間は学校を休んでいる。一九一六年の暮れに師であり盟友でもあった夏目漱石を亡くし、その衝撃からようやく立ち直ったころ、肉体的な疲労が集中して胃潰瘍として現れた、それがちょうど厄年であったということになる。しかし、私が胃潰瘍が、Ｘ線実験が終わってから四〜六年後に現れた放射線障害の症例ではなかったのか、と推測するのはそう荒唐無稽ではないのではないかと思う。胃の病気も検便で血液検査が陽性となった腸の病気も、まだガンにまでは進んでおらず、腫瘍はできていても悪性ではない段階であったと見ることができるからだ。一九一九年から二一年にかけてほぼ二年間休養したことでそれなりに回復し、それから一五年間は疲労感を強く覚えながらも、騙し騙し体を使って活動してきたのであろうと想像できる。

その間も、検便の陽性は変わることがなかったようだから、ガンが胃から腸を侵し、ついに肋骨や鎖骨や骨髄にガン腫瘍が転移した結果、正式病名の転移性骨腫瘍となって全身が痛むという壮烈な状態になったのではないか。つまり私の見立ては、かつて受けたＸ線の影響でゆっくりと胃や腸の細胞や骨質細胞のガン化が促され、時間とともにその勢力が強くなって、最後にはガン細胞が全てを占領してしまった、というものである。実際、幼いころに受けた放射線によって骨髄性白血病になり、徐々に悪性細胞が増えて命の危機になるまでに数十年かかったという事例もある。それと似ていると思われるからだ。

X線やβ線などの放射線を浴び、直ちにガンは発病しなかったが徐々に体が蝕まれていき、ある段階でついに肉体が病に負けてしまうというケースは多くある。この「ある段階で」というのが人によって大きく異なり、「ある段階」＝「すぐに」の人は急性で直ちに放射線疾患を発病するが、「ある段階」＝「一〇～二〇年後」の場合はその間にさまざまな病気（胃潰瘍、肝障害、動脈硬化、糖尿病、腎不全など）を併発しながらもガンが広がらずに生き永らえ、「ある段階」＝「寿命より長い期間」だとガンや関連疾患は致命傷にならずに長寿を全うする、と分かれる。特に発病するまでに時間がかかるケースでは、放射線被曝したことを忘れてしまう。昔浴びた放射線が、ずっと長い時間の後になって、ようやく体に悪さをすることがあるのである。

とはいえ、ある時期に放射線を浴びたことと、ずいぶん後に現れた疾病との直接的な関係を示すことはほとんど不可能だから、通常は放射線のためではないとして切り捨ててしまう。しかし、そうである場合があることを忘れてはならない。実際、広島・長崎の被災者には、急性ですぐ亡くなった人から、体は弱かったけれど一〇～三〇年生きた人、五〇年以上も生きてこられた人と、いろんな人たちがいる。原爆被災者は放射線を浴びたことを強烈に記憶しているから、生涯放射線被曝と結びつけて考えられる。これにより、人それぞれの放射線への対応力が異なっていることがよくわかるし、長生きした人であっても被爆によって多くの疾患に苦しめられてきたことを銘記しておくべきだろう。

だから私の意見は、寅彦は三〇歳代半ばにX線を浴びた後、体の内部にガン細胞がゆっくり増殖していく中で、ついに五七歳の一二月に全身がガン細胞に侵されて命を失うことになってしまった、というものだ。寺田寅彦の業病は放射線障害に由来するのではないか、それが今私が抱いている仮説である。

放射線障害の科学者

寅彦と同時代に生きて、放射線障害で亡くなった科学者として山田延男《のぶお》（一八九六〜一九二七）がいる。山田は一九二二年に東京大学航空研究所に助教授として赴任しており、寅彦はその前年の一九二一年に宇宙研究所所員となっているから、短い期間であるが二人は同じ研究所に所属していたことになる。山田は、一九二三年の関東大震災後にマリー・キュリー（一八六七〜一九三四）が所属しているフランスのラジウム研究所（後のキュリー研究所）に国費留学し、かの地でイレーヌ・キュリー（一八九七〜一九五六）と、ポロニウムやトリウムから放出されるα粒子の飛程の共同研究を行っている。一九二六年に帰国するが、その時には既に放射線障害ですっかり体は蝕まれており、翌年に三一歳の若さで他界した。ポロニウムやトリウムは非常に強力な放射線（α線）を放出するが、当時は放射線防護にはまだ十分な注意が払われていなかったから、山田は強い放射線を浴びて悪性脳症で死亡したのだろうと推測されている。しかし、奇病だと敬遠されて秘密にされてしまった。山田延男氏の長男が、自分が三歳の時に亡くなったため父との思い出はほとんど無かったが、熱意をもって父親の歴史を掘り起こして、山田延男の生前の歴史を再現したのである。

　延男が指導を仰いだイレーヌ・キュリーはキュリー夫人で名高いマリー・キュリーの長女で、母親と同じ原子物理学の道に進んだ。マリー・キュリーの業績を記念して設立されたラジウム研究所で研究を続ける中で、母の助手として採用されたフレデリック・ジョリオ（一九〇〇〜一九五八）と結婚し、二人が協力し合って原子核実験の研究を行ってきた。二人は、一九三〇年、ポロニウムから放出されるα粒子をベリリウムにぶつけると、非常に強い放射線が出る現象を解析して、これを陽子だと推定したのだが間違っており、後にジェームス・チャドウィック（一八九一〜一九七四）が主張した中性子であることが判明した。こうしてチャドウィックは中性子の発見によって、一九三五年にノーベル物理学賞を受賞した。イレーヌとジョリオの二人は、中性子発見の大魚を逸したのである。しかし、一九三四年にα粒子をアルミニウムに照射したところ、放射性のリンに変わって陽電子を放出する過程を発見し、初めて人工的に放射性元素を作り出すことに成功した。この業績によって、イレーヌとジョリオの二人は一九三五年のノーベル化学賞を受賞している。

そのころから、反ファシズム運動に二人が参加するようになり、特にジョリオのその活動が忙しくなってイレーヌとの共同研究ができなくなった。他方、一九三〇年代から中性子を使って新たな元素を作り出す実験が盛んに行われるようになり、一九三六年に中性子をウランに照射することで、やはり人工的に放射性元素を作り出すことに成功したイタリアのエンリコ・フェルミ（一九〇一～一九五四）が一九三八年のノーベル物理学賞を受賞している。

そして、地上に存在する最も重い元素であるウランよりも、さらに重い超ウラン元素の合成のために、ウランに中性子を衝突させる実験が競争で行われるようになった。その結果、フェルミはそのまま超ウラン元素ができたとし、イレーヌたちは短寿命の原子核ができたとしたが、いずれも微量なのではっきり確認することができなかった。結局、ドイツのオットー・ハーン（一八七九～一九六八）とフリッツ・シュトラスマン（一九〇二～一九八〇）の実験結果を、リーゼ・マイトナー（一八七八～一九六八）が理論的に解釈して、ウランが核分裂をしていることを発見・確認した。またもやイレーヌたちは核分裂発見の大魚を逸したのである。

と、山田延男と関連して少しばかり放射性元素の発見の物語を書いた。つまり、一九〇〇年ごろから原子核研究が本格化し、その過程で電子、陽子、中性子などの素粒子が発見され、また元素が変換する過程で電子、陽電子、陽子、中性子、X線（γ線）が放射線として放出される過程が続々と見つかるという、いわば物理学が革命の時期にあったのである。それに鼓舞されるかのように、物理学者や核化学者は放射線そのものの性質や他の物質との相互作用の研究を盛んに行うようになった。と同時に、発見されるや直ちにさまざまな分野への放射線や放射性同位元素の応用が広がり、人体のX線撮影やガンの治療に応用され、夜光塗料にも利用されるようになったのである。

　最初は、放射線の危険性にはあまり気づかれずにいたが、ウラン元素を素手で触って火傷をしたとか、放射線を最初に発見したアンリ・ベクレル（一八五二〜一九〇八、一九〇三年ノーベル物理学賞受賞）がウランをズボンの後ろポケットに入れていたため、お尻を火傷したという話があるように、放射性元素が放出するエネルギーが体に損傷を及ぼすということが徐々に知られるようになった。一九〇〇年代の始め、時計の文字盤に塗る夜光塗料にラジウムが混ぜられ、その崩壊で出る放射線によって暗闇でも時刻がわかるというので評判になった。しかし、その時計会社で働く多くの女性の顎《あご》にガンが多発した。彼女たちはダイアル・ペインターと呼ばれ、筆で文字盤に夜光塗料を塗る作業に従事していたのだが、その際筆先を揃えるために口で嘗《な》めていたのである。ラジウムから出る放射線が口に移行して顎にガンを発生させたためで、数千人の犠牲者が出たと言われている。

つまり山田延男の時代はまだ放射線に関する危険性が十分にわかっておらず、実験中に強い放射線を浴びたことが原因となって、彼が早世したことは明らかである。特に、彼が扱っていたラジウムやポロニウムは非常に強いα線を放出する放射性元素であったから、よけい危険度が高かっただろうと予想される。まだその危険性を重大に考える時代でなかったことが第一原因だが、もう一つ研究室の現場では放射能の管理がズサンになりがちであった点も指摘しておかなければならない。科学研究の現場では、当然、頭に描いた実験を手早く行い、結果を速く得たいと思う。そのために、放射線の管理が不十分になりがちで、安全設備のための金を削ってでも実験材料や検出装置に研究費を使おうとする。また安全管理のために手間と費用がかかって時間と研究費を使うことを避けたいと思うから、多少危険であっても簡単な遮蔽装置で済ませようとする。実験現場を外部の人間が見ていないこともあって、放射線管理を手抜きするようになることとすらある。すぐに発病しないから、問題になることも少ない。

　というわけで、放射線を扱う研究者は放射線障害の犠牲になる確率が高いのである。先に名前を挙げた科学者の生没年から、アンリ・ベクレルは五六歳、イレーヌ・キュリーとジョリオ・キュリーはともに五八歳、エンリコ・フェルミはなんと五三歳の若さで亡くなっていることがわかるだろう。いずれも、放射線障害による白血病が死因だとされており、放射性物質の取扱いや管理が不十分であったためと推測される。マリー・キュリーが亡くなったのは六七歳だが、それ以前から白内障で目が不自由になり、頭痛や耳鳴りなど健康の悪化に悩まされていて、最終的に放射性障害による再生不良性貧血で亡くなったとされている。マリーはラジウムなどの放射性物質を平気で持ち歩いていたと言われているが、放射線が危険で、被曝被害を及ぼすことを認めなかったためらしい（認めれば放射線の研究が禁止されることを恐れたのではないかと推測されている）。マリーの実験ノートを調べると、今でも放射線が検出されるという。また、山田延男が亡くなったころ、別の研究員や助手も放射線障害で亡くなっているらしい。

マリーは比較的頑健でまだ長生きした方である。また、チャドウィック（死亡年齢八三歳）、ハーン（八九歳）、シュトラスマン（七八歳）、マイトナー（九〇歳）など同時代の実験核物理学者で長生きした科学者も多いし、Ｘ線を発見して最初に扱った科学者としてレントゲン（七八歳）、寺田寅彦と同じ結晶によるＸ線回折の実験を行ったラウエ（八一歳）、ブラッグ父（八〇歳）、ブラッグ息子（八一歳）、西川正治（六七歳）などがいるが、いずれも若死にではない。

だから、寅彦が回折実験の際に浴びたＸ線によって放射線障害が引き起こされ、五八歳の若さで亡くなったと考えるのは強引過ぎると言われても抗弁できない。直接にも間接にも何ら証拠がなく、単なる憶測にすぎないからだ。しかし、Ｘ線によって血液粒の障害が引き起こされ、それが再生不良性貧血に結びついて胃ガンとなり、さらに腸などへの転移を促して、最終的に骨髄までガン化した結果、寅彦を苦しめ命を奪ったのではないか、それが寅彦の業病の推移であった、というような観点で寅彦の病状を詳しく検討したことはこれまでなかったから、問題提起のつもりで書いてみた次第である。

第7章

日記に見る戦争と関東大震災

寺田寅彦と戦争

寅彦が生きた時代には、日清戦争（一八九四年）、日露戦争（一九〇四年）、第一次世界大戦（一九一四年）が勃発し、満州事変（一九三一年）に始まるアジア・太平洋戦争（一九四五年まで続いたから一五年戦争とも言われる）が幕開けし、日本の軍国主義化が着々と進められた時代であった。

ところが、彼が戦争について家人や友人に語って残されているのは、『回想の寺田寅彦』の中の「家庭に於ける寺田寅彦」で家人が手短に書いているものしかない。そこでは「世間が騒々しいのに刺激されて、私達が戦争のことなど話したとき、こんな話をした事があります」として、寅彦が幾分諧謔味《かいぎゃくみ》を加えて語った話が書かれている。その話というのは、「日本のような貧乏国が、列国が軍備の競争をしている渦中に巻き込まれて、向こうが一《いち》作れば此の方も一作る、向こうが三《さん》作れば此方《こっち》も三つくるということをしていては際限もないし苦しくなる一方だ」と、軍拡競争に巻き込まれて、次々と軍備を拡張していくことの愚を説いている。といって、軍備を整えることを全く意味がなく、非武装（あるいは軽武装）であるべきだと、明確に言っているわけではない。

彼は、「それよりも、敵の考えつかぬ事、意表に出る事を考えた方がいい」と科学者らしく、単に旧来の武力に頼らない変わったアイデアを絞り出す。「例えば、これからの戦争は空中戦だと言われている。空からやられた日には東京のようなバラック建築の都会は一時間位の間に絶滅されてしまうといわれている。東京の空一面に網をはる事も出来ないし、灯火管制とか何とか言っても何にもならぬかもしれない」と、これからの戦争は当然ながら飛行機が主役になるであろうことを予想しており、空からの襲撃（空襲）で東京は簡単に壊滅してしまうことをよく知っていた。ここに「一時間位の間に絶滅されてしまうといわれている」と語っているのだから、少なくとも科学をよく知る人たちにとっては、空襲によって簡単に帝都は壊滅してしまうことは常識になっていたことが窺われる。「東京の空一面に網を張る事」とは、高射砲網を空一面に張り巡らし、襲ってくる敵機をいずこからでも迎え撃つ体制を組むことを言っているのかもしれないが、そんな完全な防御体制は無理だし、高空飛行であれば高射砲の弾は届かないから大した効果はない。また「灯火管制」とか言っても「何にもならぬかもしれない」と予想した。実際、米軍は第二次世界大戦では照明弾や彩光弾などで暗闇を照らし出して爆撃を行ったから、確かに寅彦が予想した通り灯火管制は「何にもならぬ」ことであった。

寅彦の「意表に出る」アイデアとして、「これはどうだろう、東京の五〇〇万人のひとが、それ敵機空襲だときいたら、各々が一個ずつの風船を持って外へ出て、それを放すのだ。東京の空一面が真っ赤になる。敵の飛行機は必ず驚くに違いない」というものであった。むろん、冗談であり、「けれども、これは一遍しか効き目がないよ」とその無意味さを自嘲しているが、何だか楽しい空想である。寅彦は力には力をとの対決を好まず、力をかけられればそれを逸らすような発想を持っていたことがわかる。これから、彼の戦争に関する意見や考えや感想や皮肉を書いたものを拾い上げるが、武力張った同時代に対して彼がはっきりとした批判を書いているわけではない。しかしそれらを読むと、彼は本質的に文の人であって、武に対して心底では軽蔑していたと推測できる。

　そして、家人とのこの対話の締めくくりが「戦争が始まっても自分は逃げない。理研へ行って勉強しているとか、毒ガスをよけるにはどうすればよいとか、そんな話をしたこともあります」であることからもわかるように、彼は厭戦・非戦の人で戦争からは一歩退いて自分の好きなことをしていたいと望み、敵をやっつけるという発想ではなく、危険な武器からいかに逃れるかが彼の基本姿勢であった。「心配性は国の事や社会の事にも及んでいたのでしょうが、それを露骨に興奮して言う事はありませんでした」と家人が言うように、政治家が煽り、世論が沸騰しても、それらには流されず、家では冷静に国家や社会や戦争のことを話していたのである。

以上の戦争に関する家人との対話はいつごろのことであったのか書かれていないが、飛行機と戦争との結びつきについて考え始めた一九三二年（昭和七年）以降であると推察される。そのことを含め、寅彦の戦争に関わる話題を渉猟していくことにしよう。

若き日の寅彦の日記

寅彦の日記は一八九二年（明治二五年、寅彦一四歳）から存在しているが、具体的な戦争に関わる記述は一八九六年（明治二九年）の三月一八日が最初である。この日経験したことは、「本町勧工場《かんこうば》にある分捕り品展覧場に赴く。多くは銃器なり、エムピールあり、スナイドルあり、また精巧なる連発銃あるかと思えば、極めて粗末なる火縄銃あり、不規律不整頓、驚くの外なし。その他、関羽的張飛的の青龍刀や鉾《ほこさき》などあり。軍旗、喇叭《らっぱ》、太鼓、剣、弾丸等も見受けたり」（原文は以下も含めてカタカナ）とある。おそらく、日清戦争において分捕った（あるいは、使われた）武器を目の当たりにして、一種の恐怖感とともに、子どもであるだけに鼓舞される気持をも同時に味わったのではないかと思われる。

四月五日には「今回、新造の戦闘艦富士号、英国を発して本邦に回航の途に就く由。愉快の極みと云うべし」とあり、富国強兵時代の中学生であれば戦闘艦のニュースに胸躍らせたのは当然なのだろう。なお、これに続いて「学芸雑誌（東洋学芸雑誌百七拾四号）を見るに、巻首第一に人目を驚かすに足るは、今回独逸なるRöntgen（レントゲン）氏の発明にかかるX放射線を応用して、氏が自らの手の骨肉を分明に撮写せるものの縮写写真なり」と、一八九五年一二月に発表されたレントゲンのX線発見の報が早くも掲載されており、それに驚いて日記に書きつけている寅彦の姿を思うと、何か感動的である。

四月二四日には「新聞紙を借り来たり、我新軍艦八嶋号の進水式に関する景況を読み」と、軍拡に忙しい政府の動きを頼もしいという気分で書いている。六月三日に中学校からの遠足であろうか、校長に引率されて野見湾に停泊している松嶋と済遠の二戦艦を近くで眺めた後、松嶋に乗艦を許されて三〇センチ砲やArmstrong（アームストロング）砲を目の当たりにした。「黄海の戦の時、敵弾命中し志摩砲術長及び我が大石馨等が戦死を遂げたる処にして、梯側に君の像を掲ぐ。温容生けるが如く吾人をして暗涙の滾々《こんこん》たるを思わしむ」と、日清戦争の犠牲者の像が飾ってあることに触れている。愛国心を養うための海軍の宣伝に乗せられており、「とにかく、近来の大快事なりき」と戦艦試乗を経験した日の日記を結んでいる。しかし、中学生でこれだけの文章が書けるのにはびっくりする。この年、熊本第五高等学校への入学が無試験で許可され、以後の日記は平カナ文となっている。翌一八九七年（明治三〇年）には夏子との結婚に関する諸々の事があったが、九七年の日記は存在していない。寅彦が処分したらしい。

一八九八年一月一〇日には、「土陽新聞初刷来たる。一〇頁の大奮発にて、富士・八嶋両艦の写真銅版の付録も添えたり。近来該社の隆盛は驚くべき事なり」と、新造軍艦の勇壮な写真が新聞に出ていることに驚き、新聞の威力を強く感じている。一月一九日、級友の吉田君を訪ね「談は東洋問題に移りぬ」と、アジアの風雲急なることを新聞で読んで友人と議論した。「露兵二万旅順に上陸せし由。我国は、これに対して如何なる姿勢を取るべきかとの論より、露仏独対日英の東洋における海軍力の比較に至り、快談数刻の後、岡君の病気を見舞わんとて此処を辞す」と、議論の結末がどうなったかは書かれていない。「海軍力の比較」など、血気盛んな高校生らしい議論である。

しかし、これ以後、戦争や軍に関する言葉は、一九〇四年の日露戦争勃発まで寅彦の日記には出てこない。日清戦争から日露戦争までのほぼ一〇年の間に、師である田丸卓郎《たくろう》先生のバイオリンに憧れてバイオリンに熱中し、漱石に導かれて俳句に夢中になり、高校から大学へと進学し、夏子との短い間の夫婦生活があり、そして長女貞子の誕生と夏子の死というふうに、寅彦の人生に大きな影響を与えた極めて個人的な事柄が続き、戦争よりそれらに関心が向いたためだろう。このことから、寅彦は当然ながら「武」より「文」の人であり、「争」より「和」

を好み、「痴」ではなく「知」を尊び、社会的な出来事より個人の生活を大事にする、そんな人間として育ったということができる。戦争のことから少し寄り道するが、この一〇年の間の寅彦のバイオリンの歩みなど、寅彦の周辺で起こった極めて個人的な事柄を振り返っておこう。

一八九八年五月九日に田丸先生のバイオリンの演奏を聴いて、自分もバイオリンが欲しくなり、五月一一日に「バイオリンが安き物なれば求めんと尋ねたれば、七円三〇銭のと八円三〇銭のとありとの事なり。菓子の間食を節して貯金し贖わんとの計画を立つ」と、お菓子を断ってまでのバイオリン購入計画に熱が入る。一三日には「Calculusを売却し、その代にてバイオリンを買わんとせしも成らず」と参考書を売ってまで購入しようとした。そして一九日に「この日、財嚢《ざいのう》を敲《たた》いて金八円八〇銭を出し、バイオリン一個購う」とあるように、やはり欲しいとなると自己を抑えることができない「箱入り息子」ぶりを発揮している。そして、翌日から毎日のように「竜田（立田）山の山頂にてバイオリンを弄する」のであった。

そして七月二四日の日記の〔欄外〕に「家人を迎う（三十年）」と、一年前のこの日に寅彦と夏子との結婚の祝宴が高知で行われたことを書き留めている。しかし、先述の通り一緒に暮らすことはできないまま、寅彦は熊本、夏子は高知と離れればなれで暮らすことになった。父の利正が、質実剛健の気風のある熊本で高校生の夫婦が一緒に住むことに反対したからだ。寅彦は、父親が進める早すぎる結婚にも、新婚夫婦の別居にも、抵抗せずおとなしく従ったのである。

そのことがあったためかどうかはわからないが、知り合ったばかりの漱石を師匠として仰いで俳句に打ち込み、一〇月二日「漱石師の許にて運坐の催あり」とあるように、句会に参加するようにもなり、漱石に添削を受けて俳句の腕はめきめきと上達したのである。

一八九九年（明治三二年）には第五高等学校を卒業して東京帝国大学理科大学物理学科に入学するのだが、「科学者の日記」と称して極く短い気取った文章しか残していない。翌年の一九〇〇年（明治三三年）の始めに夏子が東京の寅彦の家にやってきて、西片町で所帯を持った。その年の八月二六日の日記に、寅彦は漱石と連れ立って子規庵を訪れたことを記しているが、その日に夏子を漱石に紹介したのかもしれない。九月一日の日記には「浴衣二枚干したり」と、微笑ましい光景を描いている。九月八日に「漱石師の洋行を横浜埠頭に送る。船名プロイセンブレメン也、マルセイユを奏しつつ出発す」と短く記し、いかにも寂しいとの思いが日記に染み出ている。以後の日記はないが、一二月二六日に夏子が喀血したことは、彼が後年に書いた小説「団栗」（一九〇五年）に書かれている。

一九〇一年（明治三四年）の一月一日から日記は律儀に書かれているが、結核を発病した夏子の病状を、「病人も起床して雑煮を祝う」（一月一日）、「病人よし」（二日、三日）、「病人、頭痛。足の関節も痛む」（四日）というふうに新年早々から病人への気遣いを書いている。二月三日には「昼より於夏を連れて植物園に行く。（略）団栗《どんぐり》数多《あまた》拾うて帰る」と、「団栗」に描かれている場面を記述している。その後、妊娠している夏子は高知に戻って子どもを産むこと、結核がうつらないように母子を離れさせることの相談がまとまって、二月に夏子は高知へ発った。そして、五月二六日に女の子が生まれた。「幸ありて桃の若葉と照り栄えよ」という句を詠んでいる。三一日に「女子貞子と名けたる旨報知ありたり」と書いているように、名を付けたのは父利正であった。九月に思いがけずに寅彦が肺尖カタルであることが判明し、高知に戻って休学することになる。

明くる一九〇二年（明治三五年）、寅彦は病が癒えて復学するが、夏子は一一月一五日に亡くなる。日記には「夏、夜十時死去」と後日に追記したようである。一六日の項に、まず「午前四時夏危篤の報あり。次いで六時絶息の報あり」とあって、続けて「昨夜、会より帰りて床に就かんとする頃、胸さわぎひとしきりしたるが、恰《あたか》も夏の臨終の刻なりしと思い合わされたり。この朝、第二の電報の未だ来ぬ前、暁の鴉、夥しく屋根に鳴き騒ぎたり」と書いているからだ。カラスが鳴き立てるのを「不吉」の知らせと受け取っているのは昔風のゲン担ぎで、科学的な寅彦と言えども、不幸の時には迷信のようなものを信じてしまうものらしい。翌日すぐに高知に戻って夏子の葬儀を済ませ、二八日に東京に戻っている。

日露戦争のころ

寅彦と戦争との話に戻ろう。寅彦の日記には戦争に絡むような事柄が書かれているのは、肺尖カタルのため高知で療養していた一九〇二年二月一七日に、短く「独り浜に出でて新聞を読む。日英同盟成立に関する箇条多し」とあるのみで、日ごろ新聞を読んでいないのか、日英同盟の成立について何だか驚いたような書きぶりである。続く記述は、寅彦が高知から東京への帰途、神戸港に立ち寄った八月二四日、「独逸軍艦の水兵、沢山来たり、馬に乗り、ブランコに取り付きなどして遊べり」とあり、「波止場には露独伊、米の軍艦の小蒸気の往復織るが如し」とある。また〔欄外〕に「明石艦、ヒュルストビスマルク、アドミラルナヒモフ等在港」と書き込んでおり、日ごろ見慣れない軍人や軍艦が港に物々しくたむろしていることに驚いて書き留めたのであろう。

そして、日露戦争が勃発した一九〇四年（明治三七年）を迎える。一月一日の日記に「日露の関係は漸く切迫せり」とあり、社会全体が戦争ムードに包まれたのだろう。一月一三日には「近日、宣戦の詔勅あるべしとの事なり」と戦争開始が間近に感じられるとともに、一四日に

「丑《うし》弟、嘉次郎氏の召集せられて戦争に派《や》られん事を気遣えり」とあるように、知り合いが軍隊から呼び出しを受けるようになる。一七日には「露国退譲の風説あり」と、ロシアが引くかもしれないとの噂が出ていることを記述している。戦争を回避したいとの思いがあったのだろうか。戦雲が迫っているが、そのことには構わず、寅彦はこの当時玉突きに凝っており、ほぼ毎日のように楽しんでいる。

二月五日には「日露の風雲漸々《ぜんぜん》急、動員令下りしとの風説あり。開戦も数日を出でざるべしとなり」と書き加え、七日には「戦線の詔勅、明日頃発表せらるべしとの事なり」と、ついに宣戦が布告されることが決まったとあるが、「との事なり」と他人事のようである。実際に開戦となったのは二月八日なのだが、その日の日記には何ら触れていない。むしろ、九日に「今回の役には軍夫採用をやめ、第一第二の補充輸卒をあつめる（集める）との事にて、さすれば竹崎も召集になるやも知れず」と、熊本以来の友人である竹崎の身のことの方が心配である。「明朝、（竹崎は）さらに司令部にて取調べ、愈々《いよいよ》召集さるべき模様なれば、明夜帰国の途に就く事とす」と、早速対応することになった。「仁川の捷報至る」と書き加えているから、緒戦の模様が伝わってきたのだろう。一〇日に「竹崎来る。第二補充兵は先ず召集せざるべしとの事故、出発は見合す由なり」と、とりあえず竹崎は召集から外されたので安堵する。「旅順海戦の捷報至り、市中国旗を出す家多かり、提灯行列もあり」と、世間はさっそく勝利で浮かれている。「夜、官報号外にて宣戦の詔勅あり」とあるから、二日遅れの開戦宣言である。二月一一日には「旅順にて露艦全滅の風説あり。また、露艦津軽海峡に現わるとの報あり」と戦争には風説がつきもので、何を信じていいのかわからなくなる。「全師団動員下る」と、いよいよ総力戦となってきた。この日、大本営が設置されたのである。一二日に「戦争話しに賑わう」と巷は戦争の話で持ち切りになっている。二六日に「旅順封鎖の為、商船四艘を沈めたれど目的を達せざりしとの説あり」と、戦争の状況が少しばかり出てくるが、やはり「説あり」で、あくまで伝聞でしかない。それ以後日記には戦争のことはほとんど書いていない。寅彦は戦争の行方にはほとんど無関心であったのだろう、ようやく翌一九〇五年（明治三八年）の一月二日の〔欄外〕に「旅順降伏」とあるのみである。一月七日に「日比谷にて祝捷会あり」、二〇日に「九時運動場にて式あり、総長、東郷・乃木両将の頌詞を読み、君が代を唱い、万歳を唱う」とあるから、大学として旅順制圧を祝ったのだろう。寅彦は〔欄外〕に「大学祝捷会展示会」と書くのみで、素っ気ない。戦勝に関する記述もほとんどなく、実験に集中している。そして八月一二日に「浜口真澄氏の女寛子と結婚の式を挙ぐ」と、二人目の妻寛子について日記には極めてあっさりと書くのみである。

　次に戦争のことが出て来るのは八月三一日で、「講和談判決定の噂、取りどりなり。償金なく、樺太南半分割譲との事」と、日本は（アメリカの仲介による）講話交渉に入っていた。しかし、戦争に勝っていると思い込んでいた国民は納得せず、九月五日の日記に「日比谷にて講話談判反対の国民大会あり」とあり、（警官隊と大会参加者の間で）大格闘となる。内務省官舎は火を放たれ、各所の交番警察は破壊又放火され、終夜騒憂。軍隊出して防ぐに到る」と大騒動になったようなのだが（伝聞で知ったらしい）、寅彦は「終日学校にあり、夜は夏目先生を訪いこの騒憂も知らざりし」であったからだ。やはり他人事であったのである。六日もこの騒動は続き、「すぐ下の交番焼かる。庭より見物す。帰途、神楽坂下の牛込警察署暴徒に囲まれ、巡査と兵士にて警備せるを見る。東片町の交番も焼かれ居たり」と到って冷静に観察している。七日には「戒厳令布かる。万朝、二六等、発行停止となる」と、「万朝報」と「二六新報」が発行停止をくらった。これらの大衆紙は「講和条約反対」「戦争継続」を叫んでいたためだろう。八日には「日本新聞発行停止」と記している。さすが、寅彦もこの間の騒ぎには無関心ではおられず、日記には以上のような記述をしているのである。

　このような大きな騒動はあったものの、一〇月一四日にはポーツマス講和条約が批准され、二二日には「東郷大将等凱旋、歓迎盛なり」ということになった。そこで、二三日に「大観艦式挙行。本多（光太郎）・桑木（彧雄）両氏と昼頃より鶴見迄行き浜辺より見物す」と戦艦の凱旋を見物に行っている。しかし、二四日の「東郷大将歓迎会、上野不忍池《ち》畔《はん》に開かる。学校にて花火の音を聞きしのみ、夜も実験」と、バルチック艦隊を破った東郷将軍に対して、そう大きな関心を寄せているわけではなかった。一二月七日には「大山（巌）大将凱旋」とのみ記して、何らコメントを付け加えていない。以後、一九〇六年（明治三九年）一月八日区役所に行って「徴兵検査願の書式写して帰る」と、自分の徴兵猶予の手続きをすることをメモ代わりに日記に書いている。四月三〇日には「陸軍大観兵式」とのみ書き、五月二七日は「海軍祝捷記念会あり。水雷の爆発あり」とあるが、やはり何ら感想を書いていない。実験の方が大事であったのだ。

軍事に無関心な寅彦

その次に軍事に関係する記述はほぼ一〇年後で、一九一五年（大正四年）一二月二日の「大観兵式」、三日の「朝飛行機八台帝都訪問」、四日の「観艦式挙行、式後青木中尉飛行機にて惨死」のみであり、続くのは一九一六年一二月一三日の「独逸講和申込の電報あり、株式市場大恐慌の由なり」と素っ気ない。経済恐慌はじわじわと寅彦一家の生活を圧迫したはずだが、親から譲り受けた土地や骨董品を処分したこともあって、家を新築できるくらいの金銭的余裕があった。一九一八年の八月一三日の日記には「米価騰貴の為、各地に蜂起せし暴動、東京にも伝播し来たり、各所に暴行ありたり」とある。七月に富山の主婦たちが立ち上った米騒動が全国へと拡大し、東京にも広がってきたのだ。しかし、一四日に「今夜も暴動ありし由なれど、新聞記事作成差し止めとなりし故、不明」と書いて、以後これに対しても触れていない。ほとんど社会的な事件にも無関心であったのだ。

他方で、中国人研究者との交流はあり、一九一八年一一月三〇日には「支那に測候所の設置をすすめ置きたり。昼、御殿（料亭の名前）にて東京要塞砲の無力、飛行機の不完全など話題に上る」とあって、東京上空の防備が手薄であることが話題になったようである。やはり外国人と話すと、日本の軍事体制についての客観的な話になったのだろう。そのような目で防空体制を見れば、東京が無防備であるという大きな弱点を持っていることがわかるのだが、寅彦はそのことを知りつつ以後何も言っていない。彼は、軍の方針に危うさを覚えても、自分の出る幕ではないとして意見を述べることを差し控え、口を閉ざしているのである。第一次世界大戦が終了した一九一九年七月一日には「今日は全国を挙げて世界的戦争講和祝賀式」とあるが、これは寅彦が病気のため紳子夫人の代筆である。

一九二〇年になって、先に述べたように一月一日の日記に「今年はもうかまわず年来の不平をドシドシ爆発さしてやろう、失敬な奴らを片はしから退治するのだぞ」と書いており、生まれ変わったような大決心をした。大学を辞めたいとまで言い出して周囲に心配をかけたのだが、病気を境にして自分の生き方を反省したのである。二月一一日には「シベリアの話を聞いた。日本の兵隊の虐殺された話、××話、牛肉が何千貫腐った話、薬剤の輸送が出来なくて腹痛にヨードチンキを塗った話」などをしたとある。一九一八年に始まった日本軍を主力として米・英・仏・伊なども参加したシベリア出兵であったが、一九二〇年には日本軍のみが取り残されてニコラエフスキーにおける虐殺（尼《に》港《こう》事件）を招いた。寅彦には珍しく、その事件を日記に記しているのだが、伏せ字としたことも含め、腹痛にヨードチンキなど何と馬鹿げたことをしたのだろうというニュアンスが感じられる。

社会のことに戸を閉ざしていた寅彦だが、さすが一九二一年一一月四日には「総理大臣原敬、中岡艮一の為に東京駅にて刺殺さる」とある。しかし、それだけである。一一月一二日に「正二、代々木へ飛行機を見に行く。大演習参加飛行機集合せる由」と記し、一八日に「大演習の飛行機、頻りに飛来、機関銃の音響《ひび》きて騒がし」、一九日に「今日も演習の飛行機頻々飛来」とあるように飛行大演習があったようである。寅彦にとっては、ただ「騒がしい（うるさい）」ことが、大演習のことを書く気になった理由であった。

関東大震災

一九二三年九月一日に発生した関東大震災は、寅彦も巻き込まれた大事件であり、書かずにはおられなかった。目立つように、まず日記の冒頭に〔欄外〕「強震の日」と書いている。特別な一日であることを強調したかったのだろう。そして、二科会展覧会の絵を見た後、画家の津田青楓と喫茶店で紅茶を飲んでいるとき地震に遭遇したことを詳しく書き記している。その後に、上野から大学までの地震被害の数々を描出した後、「火事の煙が渦巻いて登るのがみるみる積雲になって湧き上がるのは稀有な壮観であった、丁度桜島噴火の写真のようである」と既視感を強調する。その後、大学の様子を一一時過ぎまで見廻って帰宅したが、「火事はいつ収まるとも見えず、真っ赤な雲の上に蒼い月が照らして居た」と、いかにも天災襲来の不気味な印象を記述している。九月二日には、大学の惨状を見てから神田・御茶ノ水・竹橋・小石川などの惨状を観察し、途中で「巡査が来て、朝鮮人の放火者が徘徊するから用心しろと言って注意して廻る。井戸に毒を投入するとか、爆弾を投げるとか、さまざまな浮説がはやって人心が落ち着かない」との、物騒な話が耳に入ったことも書き留めている。ここに「浮説」と書いているように、寅彦は最初から朝鮮人が犯罪を企んでいるとの根拠のない流言・風説を信じていなかったのである。

翌、三日、麹町の家が無事であったことで、親戚や知り合いがたくさん押し寄せ、食料品が欠乏しないかと心配であったが、棟梁が車一杯の米・さつま芋・大根・醬油・砂糖などを運び込んでくれた。「この場合、台所に一車もの食料品を持ち込むのはかなり不愉快な気持ちがする」と、食料品が欠乏して苦しんでいる人を思うと、なんだか申し訳ない気分になったことも寅彦らしく正直に記している。

各家から「夜警」を出すことになったのは、「鮮人らしいものが色々の姿で入り込んだというような伝令が来る」ためだが、「事実としてもこれらの警戒はつまり形式的なものである」として、本気で信じていない。「半月が出て昴《すばる》宿が輝き秋風が吹き夜中は冷涼」と冷静であろうとしている。「海軍が活動して品川沖へ軍艦が来、無線や飛行機で通信して居るという」とか、「一日夜の火事はちょうど火柱のように見え、大島の噴火ではないかという噂もあったという」と、「という」噂話に耳をそばだてているが、やはり信用していないような書きぶりである。

四日、「戒厳令や徴発令が布かれた。政府では臨時救済局を設けた。陸軍で専用電話や電信を敷き、官省間は大体今夜中に出来る筈」とようやく政府が動き出し、「軍艦が米を持って来る。又湾内に居て無線の通信をする。飛行機を出来るだけ出して、西部と連絡をとって居る。東北とは伝書鳩で通信中」と、やっと東京と各地の間の連絡体制が整備されたことを記している。「軍隊警察の警備が充分になったから、もう戸別の警備はいらぬという事になった」のだが、町会の人間と警官の間で諍いがあった。警察が「戒厳令施行中だからあまり騒ぐな」と言ったのに対し、「肝心なとき構わないで骨を折らせ、今はもう用はないから控えろというのは不都合だ」と町民は反発したのである。寅彦がわざわざこんなことを記録したのは、やはり警察の強権的なやり方に反発を覚えていたのであろう。

　五日に行方不明の知人の子どもを捜しに市内を歩いたが、「朝鮮人が井戸や家屋にいろいろの符号をつけるからと云って、それが通りの店の戸などに大きく白墨で掲示してある。もう所々、井戸が断水したという貼紙がある」という様子で、「鮮人騒ぎはあの辺も一層はげしく、防備の人々は日本刀や竹槍を持ち出した由」と、いよいよ物騒な雰囲気が広がっていることを感じている。しかし、日記ではこれ以上、朝鮮人虐殺については書いていない。自分が直接見たわけではないためだろうが、噂も耳にしなかったのだろうか。翌年になって随筆「流言蜚語」を書いて、噂や風説や流言にいかに科学的根拠がないかについて書いている。

　以後、被災地を回り、地域を夜警で巡回したりし、おかげで風邪をひいて発熱している。しかし、一一日には地震学教室の今村明恒《あきつね》教授と面会して、「数年内に同じ地震帯上、他地に強震発生の可能性の多かるべき事」と、「地震火災学組織の必要、大阪警戒の要」などの意見を述べているのは、さすがである。寅彦は、地震のためよりも火事のために亡くなった人の方が圧倒的に多く、その理由を明らかにすべきであるとの意見具申を行っている。以後、震災予防調査会の委員として諸種の調査活動を行い、一一月に「旋風《つむじかぜ》について」と題する講演を行い、翌年五月に随筆「地震雑感」を書き、七月に論文「大正十二年九月一日の地震に就いて」を発表して総まとめをしている。

　九月一七日に今村教授らと焼け跡の視察に出かけ、「吉原に入り、池中惨死の跡を実見す。泥土中の衣服に交じりて頭髪の束の残れるもの最も酸鼻の感あり。焼却せる遺骨を木箱数個に満たせるものを仮の祠に入れ、蠟燭や香火を具えたり」と、吉原の捨て置かれた死者（多分女郎たちだろう）を弔ったことを記し、「秋空に秋の雲浮かび、夕陽雲間より白光を放射せり、美しき空の下に焦土茫漠として連なる、遥かにオーシス（オアシス）の如き観音の森を望む」と、文学味溢れる言葉で死者の魂が安らかなることを祈っている。この辺りが寅彦の面目躍如で、哀れさ、悲しみ、いたわり、などが入り混じった気持ちをさりげなく表現して見事である。一九日に焼け跡視察の時に「日本が余り高慢になった罰だ」と言う外国人の言葉を短く記している（当時、渋沢栄一や内村鑑三の「天譴論」〔天のとがめ論〕があり、三・一一の東日本大震災の時にも同様の論が聞かれたことは記憶に新しい）。二〇日には、一面焼け野原になった横浜に出かけ、居留地にもレンガやコンクリートが散乱している惨状を視察して声も出なかった。

　一九二四年（大正一三年）一月四日の日記に「飛行船SS来たる。又飛行機の分列式も市の上空に行わる」とあり、人々を元気づけるため海軍が一種の「航空ショー」を催したのだろう。奇しくも、一一月にSS（海洋偵察）飛行船が霞ヶ浦上空で爆発・墜落する事故が起こった。航空調査会委員に命じられていた寅彦は、早速事故調査に乗り出し、一二月二三日に「上野発で土浦行。SS飛行船を場内に係留し、無線捜査による吊索等の電流分布試験、前日来格納庫空気膨張で行った実験の繰返し、昼食後飛行船隊の食堂で査問会開始」と、わざわざ土浦に出張している。本格的に実験を行うことを寅彦は提案したのである、「海軍側の人は無線による危険はないという結論を出したいらしいが、海軍流のやり方では肝心の問題はちっとも解決されないから駄目である」と、しっかり書き込んでいる（この飛行船事故の経緯から解決までは、中谷宇吉郎の『寺田寅彦　わが師の追想』〔講談社学術文庫〕所収の「球皮事件」に詳しく書かれている）。

　そんなこともあったのだろう、この年の日記の最後一二月三一日の項で「大正一三年の主な事」をまとめており、「要するに今年は、数年来眠って居た活力が眼をさまして来たような気がする」と病気から回復したことを自らに宣言している。昨年起こった関東大震災が寅彦に活を入れたのだろう。以後、銀ブラ（銀座をぶらぶら歩いて）してコーヒーを飲むこと、吉村冬彦の名前で随筆を書くこと、そして主として松根東洋城と連句を創ること、この三つに主要なエネルギーを投じるようになった。社会の動きや戦争については、思案の外であったのである。

政治・社会の問題に関連して

日記は飛んで、一九三〇年（昭和五年）一月二一日に「夜八時より英国軍縮会議の中継放送あり。若槻《わかつき》（礼次郎《れいじろう》）全権の声少し聞こゆ」と政治向きの関心を示しつつ、「途中でどこかの音楽が入って来たのは面白かった、世界中のどこだか分らぬ処に妙味があった」と、あらぬところに気を移している。しかし、さすがに〔欄外〕に「議会解散」と書いていて、政治は波乱含みであることを実感している。

その頃から、震災からの復興を宣伝するための行事が始まりつつあった。三月一〇日は「陸軍記念日」で、「大学正門入りし頃、飛行機三台宙返りを見せながら往復飛行せり」と、「航空ショー」があったことをコメント抜きで記している。「帝都復興」が盛んに喧伝されており、三月二四日には「天皇陛下復興帝都御巡幸」、二六日が「復興祝祭日」とあって「花電車、広告行列等あり、人出二百万と称す」と町は賑わったようだが、寅彦一家には何の変化もなかった。

一一月一四日「朝八時五十八分発広島大演習に向かわんとせる浜口首相、東京駅プラットフォームにてピストルにて狙撃され、下腹部に命中、重態に陥る」と、首相暗殺と大事件が起こるが、これも日記には通り一遍の記録としてしか書かれていない。それより、「電車の中で労働者が掌中の白銅数個を見せながら、「四時まで働いてこれじゃ食って行かれねえ」と怒鳴って居た」と、人々の生活の苦しさを示唆する観察記録を残している方が印象的である。翌一九三一年（昭和六年）二月六日に、珍しく「議会失言問題の余波で大乱闘となり流血を見るに到る」と政治の頼りない有様をボソッと記している。そして四月四日に「昭和五年二月検挙共産党年齢」として検挙された共産党員の年齢分布のような表を書いているのだが、何を考えてのことだろうか。

一九三二年三月五日の〔重要記事欄〕に「団《だん》琢磨《たくま》氏射殺さる」があり、第8章に見るように「暗殺の国日本」を痛感したようである。他方では、三月一〇日の陸軍記念日に「軍楽隊が大通りを奏楽行進、松屋・伊東屋などからテープを投げ群集歓呼」と記している。軍国主義化していく日本と、それを歓迎する国民の姿を記録しておこうとの意図なのだろうか。

翌々年の一九三四年年三月二八日の〔欄外〕に「国防科学協議会（欠）、学術振興会（出）」とあるから、寅彦は軍事に関する事柄は嫌っていたのだろうと察せられる。この年の九月二一日には「東京洲崎格納庫倒れ、飛行機多数破損」と軍の施設の脆弱さに注目しているのも、同じ理由だろう。しかし、「こんな台風は、少なくも事前一週間位の天気図経過を考慮して予報すべきであろう」と、気象予報の不十分さにも触れ、日本の学問がまだ現実に生きていないことを指摘している。

『柿の種』から

彼が晩年に書いたと思われる『柿の種』に所収されている「短章、その二」（一九三五年一〇月）にはいくつか、戦争に関連する呟きが集められている。日記ではないが、それらを紹介しておこう。

「無題（二一八）」には、「イタリアとエチオピアとの葛藤が永引いて、ほとんど毎日のようにムッソリニの顔が新聞に出る。毎日見ていると、その顔がだんだんにナポレオンの顔に似てくる。実際、どこかよく似ているのである」と、軍国主義者は似たような顔つきになると茶化したような口調で書き、その未来を暗示しようとしている。続いて、「イタリア軍の飛行機を輸送船に積み込むというので翼を取り外ずした機体を埠《ふ》頭《とう》に並べてある光景の写真が新聞に出ていた。その機体の形が蝗《いなご》そっくりである。見れば見るほどよく似てくる」と、翼を取り外した飛行機と蝗の形が似ていることに気付いた。思いがけない類似性である。実は、この記述に似た文章をかつて「ルクレチウスと科学」（一九二八年）で書いたことを思い出したのだろう。そこでは、「黙示録のいなごが現世に現われたのである」と書いている。自分が以前に指摘した予言とは違ったな、という思いを抱いたのかもしれない。

「ルクレチウスと科学」では、寅彦はまず「ルクレチウスは一つの偉大な科学的の黙示録《アポカリプス》である」と宣言する。ここでいう「黙示録」は「予言の書」という意味であり、ルクレチウスの予言は本質的に科学的であったと言いたいのである。そのことは、この文章で「近着の雑誌『リリュストラシオン』に「黙示録に現われたる飛行機と科学戦」と題する珍奇な絵入りの読み物がある。ヨハネの黙示録の第九章に示された恐ろしい蝗《いなご》の災いを欧州大戦における飛行機にうまく当てはめて面白く書いてある。これもやはり一種の黙示である」と書いていることからわかる。この読み物では、蝗の群れに襲われた災難と第一次世界大戦の戦場に突然登場した飛行機の類似性を「一種の黙示＝予言」として捉えているのである。「しかし、如何ほどまでに蝗の記述が戦闘飛行機に当て嵌《は》まっても、それは決して科学的の予言とは名づけ難いであろう」として、この段階（一九二八年）では蝗と飛行機の類似性を否定していたのである。

しかし、今（一九三五年）になって考えてみれば、まさに蝗と飛行機は、その形といい、群れて飛んで、それがもたらす災禍といい、どちらもよく似ていることに気付いたのであった。というわけで「形の似たものには、やはり性能にもどこか似た処があるようである」と、感慨深げに締めくくっている。類似性は偶然ではなく、形と質ともに必然的に重なり合っていることが黙示＝予言されていた、と確信したに違いない。深く考えさせる文章である。

「無題（一二〇）」では、鳥が、ガラスが存在するようになったことを知らず、向こうが透明のように見えるから、そのまま何もないと思って真っ直ぐ飛んだ結果、ガラス障子（窓）にぶつかって死んだという事があった。寅彦は、ガラスができてからあまり時間が経っていないから、鳥は「ガラス教育」を受ける間が無かったのだろうと考えた。実は、鳥とガラス戸のことについては、一九二〇年九月三〇日の日記に「昼過、ガラス障子の外の楓樹に四十雀《しじゅうから》が来て居た。これがガラス障子の方へ飛んできて、衝突しそうになって引き返した。多分、反射した庭にだまされたのだろう」と書いている。この時の四十雀は、あわやガラス障子に衝突しそうになって引き返すことができた。寅彦はこの時の様子を覚えていて、鳥がガラス戸にぶつかるとして文章を改めたのである。むしろ、鳥はギリギリになって引き返すだけの能力を持っているが、人間はそうでないと思ったのではないだろうか。しかし、そう書いては人間は鳥以下となってしまって露骨過ぎる。そこで鳥はガラス戸にぶつかって死んだということにしたのではないかと思う。

そして、「人間の行路にも、やはりこの「ガラス戸」のようなものがある。失敗する人は、みんな眼の前の「ガラス戸」を見損なって鼻柱を折る人である。三原山火口へ投身する人の大部分がそうである」と、人間も鳥と同じだと言う。人生においてはさまざまな未経験の事柄に遭遇するものだが、今までと同じだと猪突猛進して、鳥と同じように眼に見えないガラス戸にぶつかり挫折しているからだ。当時三原山が自殺の名所になり、一九三三年（昭和八年）には、何と一二九人が投身自殺したらしい。まさに目に見えないガラス戸にぶつかって進退窮まり自殺したのだと思われる。新しい状況が理解できず、簡単に未来を諦めてしまった結果だろうと寅彦は推測したのである。

　続けて、「またナポレオンもウィルヘルム第二世もそうであった」と断定する。ナポレオンはフランス皇帝にまで登り詰めたが、ドイツやイギリスとの戦いに敗れてセントヘレナ島に流された。ウィルヘルム二世はプロイセン帝国、そしてドイツ帝国の国王として君臨して帝国主義的政策を強力に推進したが、その拡張政策が第一次世界大戦を招いて敗北した。いずれも軍事力でのし上がったのだが、そのまま軍事拡張路線を突き進もうとしたことが没落につながった。やはりガラス戸が見えないままの盲進と同じではないか。寅彦が、「この「硝子」の見えない人たちの独裁下に踊る国家はあぶなくて見ていられない」と書き継いだのは、日本が軍事独裁に向かいつつあることを強く警戒していたためと推測できる。実際には、「軍の独裁下の日本は、危なくて見ていられない」と書きたかったのではなかろうか。

「無題（一三三）」には、昭和一〇年（一九三五年）一〇月一五日と日付が入っており、まさに闘病盛りの時期であるせいか、かなり具体的に戦時体制に向かう日本を批判している。そこでは、「聯合艦隊が芝浦《しばうら》に集合して、昼は多勢の水兵が帝都の街頭に時ならぬユニフォームの花を咲かせ、夜は品川湾の空に光芒《こうぼう》の剣の舞を舞わせた」と、まず華々しく連合艦隊の姿を描写する。海軍が演出する一大ショーである。続いて「この日、病床で寝ていたら沢山の飛行機が西の空から東へかけて、ちょうど蜻蛉《とんぼ》の群のように、しかも物凄い唸り声を立てて飛んで行くのが、縁側の障子の硝子越しに鮮やかに見えた」と、病に臥せる床から編隊飛行を見ている。

「このページェントが非常時の東京市民に我が海軍の偉容を示して、心強さと頼もしさを吹き込むという効果を持ったであろう、という事には少しの疑いはない」と、海軍が国民の支持を得るために行ったパフォーマンスであると見抜いている。それもあり得ることだ、とは思う。

ただ、そのまま黙る寅彦ではない。

「しかし、物は考えようである。私は、この百余台の飛行機の示威運動を病床から眺めながら、もしか我が聯合艦隊の航空兵器の主力が、たったこれだけの、しかもあまり世界的に自慢の出来ない飛行機で代表されているのだとしたら、何という心細いことであろうという気がした」と、率直に連合艦隊の貧弱さを述べるのである。彼は、飛行機がしょっちゅう故障して墜落し、また設計通りの性能を発揮せず、使える飛行機の数も少ないことをよく知っているからだ。だからもっと充実させよと言っているわけではなく、世界と比べて質量ともにいかにも貧弱であるにもかかわらず、誇るべき偉容として国民に見せようとする軍隊首脳部の世界知らずの視野の狭さや傲慢さを批判しているのである。そのことは、続く文章で「そうして外国映画や絵入り雑誌の挿絵で見る欧米列強の飛行隊の壮観を思い浮べ、一方ではまた我邦《わがくに》の海軍飛行隊のあまりにも頻繁《ひんぱん》な墜落事故の記録を胸算用で算《かぞ》えながら、何となく暗い気持に誘《いざな》われるのであった」とあることからわかる。飛行機の数や性能が明らかに劣るのに、そのことがわからず、いかにも素晴らしいだろうと空威張りする軍人たちの心情が理解できないのである。寅彦は、世界情勢も科学も知らない軍人に絶望したのだろう。しかし、「これはおそらくその日の病苦のせいであったかもしれない」と書いて、それ以上正面切って批判することを避けている。これは寅彦がいつも使う手で、アレコレ議論が広がって、それ以上深入りすることを嫌ったためだと思われる。

　戦争批判を生物の「ハンディキャップ仮説」にかこつけて論じた「無題（一三四）」も、深遠な意味を秘めた文章である。寅彦は、蝶や鳥（や熱帯魚）などのオスが非常に美しい色彩をしている理由を、メスの視覚を喜ばせて注意を惹くためとする説は事実に合わないことから、別の理由を考えた。環境と著しく異なった色彩をしていると、敵となる動物の注意を惹きやすいから襲撃を受ける可能性が高くなる。それにも拘わらず生き残っているのは、敵の襲撃から逃れるための感覚の鋭さと運動能力の異常な敏捷《びんしょう》さをもっている優秀な個体であるためだろう。優秀な個体だからこそ、自然淘汰の篩《ふるい》に掛けられて選ばれ残っているのだから、その特徴をよりいっそう発達させているのではないか、と考えたのである。これは、今日では「ハンディキャップ仮説」と呼ばれている考えで、目立つ色彩というハンディキャップを持ちながら生き残っているのは、優秀な遺伝子を持っている証拠としてメスの気を惹き子孫を残せるため、と解釈されている。寅彦は生物進化論においても重要なアイデアを提唱していたのである。

それはさておき、この文章の最後に「戦争好きで、戦争に強い民族なぞその発生に、いくらかこれに似た選択過程が関係しているのではないかという気がする」と書いている。「派手な色彩を持つ個体」を「戦争好きで、戦争に強い民族」に重ね合わせており、軍事力に勝る国家や民族が生き残るのではないか、と弱肉強食の世の中となっていることを悲観的に述べている。この文章は一九三五年一〇月一六日に書かれており、ほぼ彼の絶筆と言えるのだが、まさに第二次世界大戦が起こることを予感していたと言えるのではないだろうか。

現在においてもなお「戦争好きで、戦争に強い民族」が世界を制覇しているのは、ハンディキャップ仮説と関係があるのだろうか。軍事力を強化しておけば敵が攻めるのを抑えることができるとする「抑止力理論」（その頂点が核兵器こそが戦争を抑止しているとする「核抑止論」である）が世界の軍拡路線の根本になっているが、戦争を抑止するという兵器こそが人間社会のハンディキャップとなっているのかもしれない。

以上が、日記とモノローグに書かれた寅彦の心の内なのだが、そこには他者に読まれるという考慮もあるし、あまり詳しく書き込まず本音を隠している側面もある。

一方、書簡では書いた相手との二人きりの対話が前提であり、信頼できる相手であれば、かえって赤裸々に自分を曝《さら》け出していると考えられる。最終章では、書簡を通じての社会の動きと軍に対する寅彦の本音を探ってみよう。

第8章

書簡に読む社会批判

寅彦の書簡

寅彦にとって手紙を書くことには何の気後れもなく、すらすらと思うところを筆に載せていったのだろう。彼の全集には二四〇〇余りの書簡が蒐集されているが、それは残存していて集められたものだから、失われたり、死蔵されたままの書簡がたくさんあるに違いない。進化論の提唱者ダーウィンや、寅彦と同時代のアインシュタインの書簡が多く残されていることで有名だが、なぜ彼らが筆まめであったか、その共通点を研究してみるのも面白いかもしれない。

ここで取り上げるのは、社会の動きや軍（戦争）に関連する話題について寅彦が書簡として残した言葉である。彼はこれらの話題について日記にはほとんど本音を書いていないが、手紙を書くときは違った気分になり、ものの言い方が率直になったり、大胆な放言であったりすることが多い。そこから、彼の本意を探ることが本章の目的である。

最初に目についたのは、一九〇四年（明治三七年、寅彦二六歳）一〇月一九日付の、軍に招集されて入営中の桑木彧雄宛の手紙で、「早稲田の浮田《うきた》和民《かずたみ》、とんだ演説をして佐藤の鬼少将にくってかかられ、散々に方々より攻撃を食い候。時節柄うっかり物も云えず、物言えば唇寒し秋の風とはこの事、まず当分は小弟の非戦論も封じ置き候」と書いていることである。この時寅彦は余分なことを迂闊に発言して叩かれることを警戒したようで、一生この思いを貫いたのではないか。彼は明確に戦争に反対するという意味の「反戦」ではなく、戦争は努めて避けたい・やりたくないという意味で「非戦」なのだが、その意見表明さえも控えめにして無用な軋轢は避ける、それを信条としたようである。

翌、一九〇五年九月二〇日の故郷の友人である川島猪之助宛の手紙では、日露戦争の「講和の不結果より人心動揺の折柄、警視庁の不手際より帝都の大騒憂と相成り候の顛末は、新聞紙上にて、疾に御承知相成り候の事と察しられ候。それがため、施行中の戒厳令は未だに解除に至らず、市中の要所要所には巡査数名の外に兵士若干街頭に天幕を張りて舎営致し居り、風体挙動の怪しき者あれば容赦なく検挙して取り調べおり候」と、講和条件を巡って東京が大荒れになった情況を正確に記述している。このように書くのは寅彦にとっては珍しいことである。続いて、「しかし、一般の民心は平生に復し、別に騒がしき事もなく、これもまずまず条件発表の日迄は平穏に経過致すべきかと存じられ候」と寅彦らしく状況を冷静に見ている。というのは、寅彦は「六日の夜は偶然の機会にて高所より交番の焼打ちを見物致し候。此処其処と云わず立ち上る火の手、暴徒の鯨波《とき》の声は、又と見られまじき物凄き光景に有り之候」と書き継いでいるように、高見の見物をしていて客観的な目で眺めていたからだ。あくまで、寅彦は世間から一歩引いて、大衆の動きに巻き込まれず、自分の矩《のり》を弁《わきま》えているのである。

森戸事件

それから長い間、ほとんど社会に関わる言葉は発していない。次に興味ある発言は、一九二〇年一月二六日の桑木彧雄（この時点では九州帝国大学の教授となっている）宛で、「森戸氏のクロポトキン紹介から大騒ぎになった事は新聞紙上でご承知と存じます。あの論文というのを人から借りて読んでみました。クロポトキンの夢見ている理想境は大変面白いと思いましたが、根本の仮定やロジックは到底私には了解出来ませんでした。あれを読んで理解して賛成する人が幾人あるかと思いました」と、東京帝大教授の森戸《もりと》辰男《たつお》が書いた「クロポトキンの社会思想の研究」の論文について辛口の論評をしている。無政府主義者クロポトキンに関するこの論文によって、森戸は右翼の上杉慎吉《しんきち》教授らの働きかけによって新聞紙法違反になり、また内乱罪の朝憲紊乱条項の適用によって起訴され、教授会によって休職を命じられた。この事件は政府の思想弾圧事件として言論界に大きな反響を呼び起こすことになったのだが、その事件の渦中の頃に、思想問題に詳しい桑木に手紙を書いたのである。寅彦は森戸の論を面白いと言いつつ、理由を示さずに了解できないと言っている。思想的、あるいは社会的な問題については、彼らしい「逃げ」あるいは「距離を置く」というやり方で、旗幟《きし》鮮明にしないという姿勢を貫徹している。

一月下旬の小宮豊隆宛のハガキでも、「問題のクロポトの論文をよんで見た。理想は面白いが議論はメチャメチャだと思った。魚が鳥の世界を論じて居るのです」と酷評しており、彼は無政府主義的主張を受け入れられなかったのだろう。言論弾圧の問題については何も論じていない。「こんな議論をするより、飛行機をウント発達させれば、その方が却って早く彼の目的は達せられる」と、社会の矛盾の存在については意識していたのだが、科学の方がそれを乗り越える力になると信じていたことがわかる。飛行機は国境を軽々と超えて、人々を容易に結び付ける、このころは本気でそう思っていたのである。国境を飛び越して襲い掛かる戦闘機やミサイルの時代がすぐそこに来ていたことを考えれば、寅彦が飛行機に抱いた夢は甘過ぎたと言うべきだろう。

女子教育・アインシュタイン

注目すべきなのは、一九二〇年二月一一日の桑木宛のハガキで「御手紙と冊子、ありがたく拝見しました。女子教育の問題については、余り考えた事はありませんでしたが、このプロパガンダを拝見して大変色々な知識を得ました、よく考えた事はありませんが、どうも私は差別論に傾きそうな気がいたします」と書いていることである。桑木の手紙の内容とどんな冊子が送られてきたのかわからないが、女子教育について「余り（よく）考えた事はありません」と繰り返し、女子差別論に「傾きそう」だと書いていて、女子教育論に後ろ向きであったことがわかる。アインシュタインが女性は学者に向いていないことを論難した冊子を、「プロパガンダ」と呼んで貶《おとし》めている。女性差別がきつかった時代に、それを不当と考えずに受け入れていたアインシュタインなのだが、寅彦もそれに同調していたのである。手紙の相手が比較的リベラルな桑木であったがために、穏便に「気がいたします」というような書き方をしているが、女性は男性とは異なるというのが寅彦の本音であったと思われる。

というのは、翌年の一九二一年五月一一日付の小宮豊隆宛の手紙で、「Einstein（アインシュタイン）は、女子はとても脳の仕事では男におっつけないという事をかなり露骨に云っている。笑談半分ではあるが、自然が脳を持たない性を創造した結果かもしれない（この部分はドイツ語）、などと云って、顔の筋肉をzucken（ピクピク）させたとある。ちょっと面白かった」と、アインシュタインの差別的偏見を、そのまま受け入れている書きぶりであるからだ。実際、寅彦の息子・娘たちへの手紙を見れば、男（東一・正二）は社会的責任ある仕事に就き、女（貞子・弥生・雪子）は家庭に入るのが当然と考えていたことが読み取れる。

　少し後になるが、一九二七年（昭和二年）一月一六日付の奈良県立桜井高等女学校の野村伝《でん》四《し》宛の手紙にも、「女学校生徒に科学奨励の宣伝は、これは柄にもなく途方にくれますので、お宥しを願いたく存じます」とあるから、おそらく女生徒の科学奨励の言葉を求められ、寅彦は断っているのである。はっきりとは言っていないが、困惑した様子で、やはり彼にはアインシュタインと共通する女性は科学に弱いとの差別的偏見があったことがわかる。そして、「日本の科学奨励策として美人の科学者若干名御養成如何哉。そういうのが或は学会に臨んで講演したり気焔を吐いたり、通俗講演でもやれば、天下の野郎共風を望んで科学研究に志すかも知れません。御一笑、御一笑」と、人寄せパンダのごとく、美人科学者を利用して啓蒙すればよい、と冗談めかして書いている。現在このようなことを言えば糾弾されることは確実で、寅彦は女性科学者問題に関しては極めて保守的であり、彼が何事に関しても先見的であったというわけではなかったことに留意すべきだろう。

ふと思い出したが、量子論の生みの親とも言うべきドイツのマックス・プランク（一八五八～一九四七、一九一八年ノーベル物理学賞受賞）は、規律の厳格な家庭に育ち、「悪法も法である」を遵守して、人間より法を上に置きかねない秩序優先の典型的なドイツ人だが、女子教育については熱心で、女性が就学して成長していくことにさまざまな援助をしたことが知られている。保守的であっても、女性差別問題では敏感に対応した先進的な人間もいたのである。

一九二二年一一～一二月にアインシュタインが改造社の招きで日本を訪問し各地で講演した。日本は「相対論ブーム」になり、風呂屋でもアレコレ相対論談義が流行ったそうで、科学の話題を広く人々が口にした珍しいケースである。アインシュタインが来日することが決まってから、寺田寅彦は雑誌などから注文を受けていくつか原稿を書いている（「アインシュタインの教育観」二一年七月、「アインシュタイン」二一年一〇月、「相対性原理側面観」二二年一二月）。とはいえ、彼自身がアインシュタイン招請に骨を折ったわけでもなく、また大学の役員でもなかったから、接待などに中心になって働くことはせずに済んだ。

一一月二三日の小宮宛のハガキに「アインシュタインには未だ会いません。二五日から学校へ来るから、その時に話しでも出来るかと楽しんで居ります。何だか余り引っぱりだこでご迷惑な事だろうと思って、なんだか気の毒なような気がします」と、アインシュタインに同情している。そして「やはり少数の人が引っ張り廻して、それらの人の紹介する日本だけしか見ないで帰してしまう事になりはしないかと思われます」と、嬉々として接待する人たちを、いささか皮肉な目で見ている。とはいえ、日記をたどると二四日「夜の青年会館のアインシュタイン通俗講演を聞く」、二五日「アインシュタイン特別講義開始」（東大物理学教室）、二六日「宝生会へアインシュタインが見物に行く御相伴に呼ばれる」（能楽鑑賞）、二八日「昼総長のア教授レセプション。夜懇話会」、一二月一日「アインシュタイン特別講義終わる。記念撮影、夜改造社主催歓迎会。ア氏バイオリン引く」と、東大教授としての職責もあったのだろう、それなりにアインシュタインに「引っ張り廻された」ようである。

一一月三〇日の小宮宛のハガキでは、「一昨日だったか、総長の午餐の時に遇って一寸握手すると、イキナリ君はスペクトルのロートフェルシーブングの問題をどう思うか聞かれてマゴツイタ。僕の存じよりを述べると、それから諄々と説明を始めた。後からつめかけて居る人たちに気の毒だから、何でもヤーヤーで逃げてしまった」と極めて正直に、アインシュタインとの個人的出会いについて述べている。目立つことを避けたのである。続いて「講義は佳境に入った。本を読んで妙に腑に落ちなかったような事が、アインシュタインの口から聞くと頭の中へ透徹するから不思議であります」と、理論の創始者から直に講義を受けることの効用を説いている。そして「これから和製アインシュタインが沢山出来て困る事だろうと心配して居ます。

さしあたり、髪をモジャモジャにする事はきっとはやる」と、付和雷同しがちな日本人の性格を茶化しているのが面白い。アインシュタインが東京を去ってからは何も述べていないが、一二月六日の日記に「アインシュタインに贈る錦絵の選定、小宮君にも来てもらう」とあって、土産を買いに行ったことは記述している。アインシュタインの来訪は、寅彦の社会見物としても一大イベントであったのだろう。

関東大震災時の書簡

一九二三年九月一日に発生した関東大震災に関して、寅彦が書簡として残しているのは九月二九日のベルリンに留学している小宮宛の長い報告である。そこでは、地震に襲われてから街中を見廻って観察した惨状を書いた後、「(一日の夜)くたびれ果てて帰って来ると、朝鮮人や社会主義者の放火や暴行があるから立ち退かねばならぬという騒ぎで、二日の夜は用意だけした」と、早くも九月一日には不穏な噂が立っていたことがわかる。そして一カ月ほど経って朝鮮人虐殺や社会主義者の殺害を見て、寅彦は「昔に比べて今の人間がちっとも進歩して居ない、進歩して居るのは物質だけでしょう。かえって、昔の政府や士民のやり口が今より立派なような気もします」と厳しく同時代人の生き方を断罪している。

その理由の一つは、震災を機に江戸時代の大震・大火の記録を調べた結果、「今度吾々のなめたと同じような経験を昔の人がもう疾うになめ尽くして居る。それを忘却してしまって勝手な真似をして居た為に、こんな事になったと思う」という風に考えざるを得なかったことにある。

もう一つの理由は、「鮮人が放火したなどという流言から無辜《むこ》の人を随分殺し、日本人迄もムザムザ殺したのが随分おびただしいそうです。鮮人をかばった巡査までも殺されたそうです」と、流言蜚語に惑わされて（あるいは、それを利用して）何ら罪のない人を殺戮したことである。「明暦の大火では丸橋《まるばし》忠弥《ちゅうや》の残党が放火して暴れるという流言があったそうですが、今度程の騒ぎはなかったらしい」と江戸時代と比べて、残酷になった現代に怒りを感じているのだ。

続いて、一〇月一〇日の同じく小宮宛の手紙では、「頭のシムプルな憲兵が大杉栄《さかえ》と伊藤野《の》枝《え》とを殺した迄はよかったが、二人が連れて居た大杉の妹の子（七才になる可愛いい男児）を栄の子と思って一処に殺してしまった」と、大杉たちの殺害についての続報を書き送っている。ここで気になるのは、大杉と伊藤とを「殺した迄はよかったが」と、あたかも社会主義者の殺害については問題がないかのように言い、それに巻き込まれた子どもの方に思いが傾いていることである。たとえ寅彦が社会主義・共産主義嫌いであっても、思想によって差別・排除したり、ましてや抹殺したりしてはならないはずなのだが、それには何ら触れず、哀れをもよおす子どものことのみに腐心している態度には納得できない。感情に走って理性を失っていると思うからだ。「どうも上官の命令でやって、そして罪を被って居るらしく思われる。まだ同様な事実が追い追いに発覚してきそうです」と、権力犯罪であることを臭わせていることは慧眼だが、彼の意に反して、結局十分な追及がなされないままに終わった。

一〇月二〇日には、「大震災ノ帝都ノ実況」と題する絵ハガキが売り出されたものらしく、ベルリン留学中の小宮に惨状を見せようと寅彦はこの絵ハガキをシリーズで四枚送って、地震被災調査による観察結果と感想を書き送っている。火災後四、五日経ってからのバラックが立ち並んだ須田町の光景、燃え残った帝国ホテルが写った日比谷付近、電車が焼け落ちて車台だけが残っている神田橋界隈、焼け跡を人々がぞろぞろと歩いている浅草仲店の風景、再建中のビルディングが見える一方鉄柱が焼けて赤錆になったままの銀座の姿など、それぞれ異なった被災状況の絵ハガキである。寅彦は、なぜ「焼けそうもない建物が片端から延焼したのか」を考え、地震で屋根が壊れて木材が露出した所へ飛び火して着火し、水道断水と動力ポンプの不足で燃えるままに任せたためだろう、と推論している。

それに比して、「観音菩薩が屋根の上に現れて四方に水を吹きかけて居る絵がこの頃仲店に売っているそうです。譬喩的にはそう云ってもいいと思う」と、浅草観音堂が燃えずに済んだのには火災を防ぐ知恵が昔からあったからだと述べる。そして、「観音が残って丸の内が焼けたり大学が焼けたのは、昔の人間が利口で今の人間が馬鹿な証拠だとも云われましょう」と、昔の建築技術に比べ、今の建築物は火事に対する深慮がないと批判する。昔からある浅草の観音堂が焼けずに残り、技術の粋を尽くしたはずの大学の建物が焼けてしまった、何とも恥ずかしいことだと思ったのだ。また、「橋が焼けたのは、たいてい避難者がゴタゴタと荷物を堆積したのに火が付いた為らしい」と推測し、大量の荷物を車力に積んで逃げようとしたために道路が渋滞し、犠牲が大きくなったことに注意を促している。この犠牲は江戸時代の大火のときと全く同じで、経験から何も学んでいないというのである。さしずめ現代では、クルマで避難しようとして渋滞を引き起こして被害が拡大しかねないという問題と重ね合せられるだろう。

　さらにベルリンの小宮宛に、絵ハガキを一〇月二六日に再びシリーズで三枚書き送っており、京橋付近の焼け跡の情景、高層ビルの十二階付近の破壊現場、上野付近の鉄筋コンクリートの残骸、両国橋の残った鉄骨、新富座跡の焼け抜けた倉の標本（これには「瓦の葺き方が上等で地震に剥がれなかった倉は皆助かった、浅草観音も瓦が一枚も落ちなかった、これも御堂の助かった一つの原因でした」と書いている）など、やはり「大震災ノ帝都ノ実況」の絵ハガキである

一〇月二二日には松根東洋城宛の手紙で、寅彦が板橋に持っていた別荘代わりの家を見てそ

の荒れように驚いたのだが、「コスモスだけは、地震も朝鮮人も甘粕《あまかす》も何にも知らずに咲いていた」と書いている。この文章から、地震の惨状、朝鮮人虐殺、甘粕正彦大尉による大杉栄・伊藤野枝・橘宗一《たちばなむねかず》（大杉の甥）殺害問題など、多くを語りたいのだが、余りにひどい状況なのであえて口を閉ざす、との思いが感じ取れる。実際、一一月三日にパリに移動した小宮宛の長い手紙の中で、「甘粕事件や自警団騒ぎなど既にご承知と思います。僕には御報知する勇気がありません、思い出す事さえ御免を蒙ります」と書いていて、胸塞がる思いとともに、このような汚い事件の一部始終を思い出すことさえ拒否したいと言っている。寅彦の神経では耐えられなかったのであるまいか。

同じ手紙の中で、寅彦は「地震の災害も一年たたない内に、大抵の人間はもう忘れてしまって、この高価なレッスンも何にもならない事になる事は殆んど見えすいて居ると僕は考えて居ます。（略）今後何十年か百何年の後に、すっかりもう人が忘れた頃に大地震が来て、又同じような事を繰返すに違いないと思って居ます」と、人間の忘れやすさ、その結果同じ失敗を繰り返す愚かさを縷々語っている。世間で寅彦が言ったとされる「天災は忘れたころにやってくる」という名言は、実は寅彦の著作のどこにも書かれていないそうだが、ここにあるような同じ意味の文章なら何度も書いている。

人間にとって、未来を生き抜くためには過去を忘れることは必要なのだが、忘れてならないこともある。天災がもたらす大きな被害を考えると、そして過去の経験を防災・減災のために活かすには、得られた教訓を忘れてはならないと寅彦は強調しているのである。しかし、日常の忙しさに紛れて、教訓が忘れられ、言い伝えが途切れ、便利さに負けて過去の間違いを繰り返す、こうしてまた同じ被害を被ることになるのだろうと悲観的である。

さらに、「今度の地震の原因についていろいろ考え調べて居ると、実に関東地方は恐ろしい処だという事がリアライズされて来る。僕に云わせると、コンナ処に帝都をおくのが根本的に間違っているとも云われる」と、東京が周期的に地震の洗礼を受ける危険性があると警告を発している。「コンナ処」とわざわざカタカナで書いて、首都として不適切な場所であることを強調しており、焦りにも似た寅彦の気持が察せられる。すぐ続いて「これは極端ではあるが本当の話です」と断言しているのは、すぐ前に「とも云われる」と少し曖昧に書いたことを反省しての、より強めて言おうとしたのだろう。一九二三年の関東大震災から一〇〇年近く経っている今、いつ関東地震が起こって首都が壊滅的な被害を受けても不思議ではないことを、私たちは心得ているだろうか。

そのことを寅彦は「銀座アルプス」（一九三三年）と題する随筆において、「もし自然の歴史が繰り返すとすれば、二十世紀の終わりか二十一世紀の初め頃までには、もう一度関東大地震が襲来するはずである」と、確信を持って書いている。「その時の用心は、今から心掛けなければ間に合わない。困った事には、その頃の東京市民はもう大地震の事などは綺麗に忘れてしまっていて、大地震が来た時の災害を助長するようなあらゆる危険な施設を累積していることであろう」と予言している。まさに寅彦が予見しているように、現在の東京は大ビルが林立し、新幹線や高速道路で電車や車が高速度で走り回り、地下鉄や地下街は網の目のように広がり、海岸縁を埋め立てて高層マンションとしているという状況である。東京は、今や寅彦が考えた以上の危険な施設の塊となっており、危険度は莫大に増加していることは確かであろう。

　それにも拘わらず、政府も人々も、このまま何事も起こらないかのように思い込んで、来るべき大震災への備えをしようとしていない。寅彦は「今日の政治をあずかっている人達で地震の事などを国の安危と結び付けて問題にする人はないようである」と言っているが、昔も今も同じ状態が続いているのである。今こそ、寅彦の言葉を、現在の私たちへの重要な警告と受け取るべきではないだろうか。京都住まいの私は月に一、二度は東京に所用で出かけているのだが、その都度地震に遭遇してパニックに巻き込まれ、大震災の犠牲にならないかと、怖くて仕方がない。

愛国者としての寅彦…………………………

一九二三年一二月二九日の小宮宛の手紙には、ある事件が勃発したことを聞き知った寅彦が愛国者であり、かつ非常に短気で自己抑制に欠ける側面があったことを書いている。勃発した事件というのは、「一昨二十七日の議会開院式に摂政宮殿下（のちの昭和天皇）が虎ノ門を通過される際に、群集の中から杖銃で発砲したものがあった。弾は御召自動車のガラス窓を貫いたが、幸いに何の御怪我もなかった」というものである。それ以上は秘密にされていてわからず、寅彦も街頭に貼り出された号外で、この事件を知ったようである。

ここまでは経過を書いただけだが、問題は彼が付け加えた感想である。「この事を知った時に、ヒドク興奮しました。そして、なぜその時群集がその男を捕まえて殴り殺さないのかというような激怒を感じました」とあって、リンチ殺人さえ起こしかねないくらい怒りを持ったと心の内を曝《さら》け出しているのである。言葉遣いに慎重な寅彦にしては、大人気ない、軽率である、と思わないではいられない。「僕の頭には、まだやはり純良な日本国民の血が巡って居るのだと思われます」と、自分がナショナリストであることを認めている。「まだやはり」と言っているから、「純良な日本国民の血」を忌避し偏狭なナショナリズムは卒業したと思っていたのだろうが、そうではないことを自覚したのだ。「まだやはり」明治人であり、皇室の人間への尊敬の念が強い寺田寅彦であることを確認した思いがする。

彼は、銃を撃った人間は傀儡《かいらい》で、背後にはそれを唆し、やらせた人間（彼は「人形使い」と呼ぶ）がいるはずとし、「僕はそういう奴を憎まないではどうしても居られない。僕が警視総監だったら、日本国中のブラックリストをつかまえて、みんな一度に銃殺するんだという気もする」と実に過激なことを口走っている。これでは恐怖政治になってしまうではないか！　もっとも、寅彦は「そんな気がするほど興奮したのでした」と、冷静さを取り戻した自分を省みているが、皇室に関連する事件に遭遇すると、寅彦といえども自分を失うことになるのである。

　寅彦が愛国者であることは、翌一九二四年（大正一三年）七月一日にアメリカで「排日法」が実施され（日本人の移民のみを禁じたのではないから「排日法の実施」ではなく、白人以外の移民を全て禁止したため「移民法改正」が正確な言い方である）、その日を「無酒デー」として記念するということを聞いて、六月二九日の小宮宛の絵ハガキに、「定めしアメリカ人が得意になる事だろうと思います。しかし、兎に角唯《ただ》ではおけないような心地はする。何とかしてやりたいという気がする」と、アメリカへの日本人移民が制限されたことによって反アメリカ的な気分を抑え切れなくなったようである。ナショナリストを自認する寅彦だからさもありなんという気もするが、国家第一主義の色が濃く少々危険である。

　それからしばらくは、寅彦は社会や政治に関わることを書簡に書いていない。次に見るのは、一九二八年（昭和三年）四月一三日の鈴木清太《せいた》郎《ろう》（九州帝国大学農学部教授）宛で、「赤化検挙事件騒がしく、少生など物理の方では真っ赤な方なれど、幸いに事が物質界だけに留まり居る為、検挙を免れ呑気に気焔をあげ居り候」と書いている。その背景は、三月一五日に起こった治安維持法に問われた共産党や労農党などの弾圧事件（いわゆる三・一五事件）があり、その報道が解禁されたのが四月一〇日で、寅彦も珍しくその話題を「赤化検挙事件」として述べたのだろう。むろん、思想弾圧には直接触れず、自分は物理の世界では正統派に反逆する赤化分子であると冗談で紛らわせている。

　五月七日には軍に招集されている弟子の宇田《うだ》道隆《みちたか》に手紙を送り、「夕刊を読むと第三師団に動員令が下り、豊橋高射砲第一聯隊も出師するらしい記事を発見し、いよいよ君も戦争に出かけるのかしらと思ったので不敗敢此の手紙を書きます。（略）どうか御自重の上、ご無事に任務を全うせられ、御凱旋の日の一日も早からん事を衷心より希望致します。出師の前後は忙しく勇ましいものであろうと想像致します。かえすがえす御大事に、国家のために御大事に願います」と、軍による検閲を意識したのか、いささか緊張した風で形式的な言葉を書き連ねている。言っておかねばならないことは、宇田が所属する軍隊に出師命令が出ていることを新聞記事で知り、わざわざ激励の言葉を送っていることである。おそらく寅彦は、弟子が軍隊に取られると、几帳面にその消息を常に新聞で確認していたのではないかと想像される。麗しき師弟愛と言うべきだろう。

　続いて六月二一日には、「浜松高射砲聯隊幹部候補生」となっている宇田に宛てての絵ハガキで、「色々、変わった土地で変わった経験を得られ候事と羨ましく存じられ候。からだの弱い人間には恵まれぬ境界であります。（略）益々御自愛御奉公の程、祈り候」と心くばりしている。体が強いからこそできる御国への奉公で、体の弱い自分にはできないことを心苦しく思っている、そんな心情を言外に匂わせた文章である。宇田は俳句に興味を持ち、寅彦に作品を送って添削・批判をしてもらうことを通じて、作句の際の心構えなどを寅彦から学んできた。さしずめ、漱石と寅彦の俳句の師弟関係が、今度は寅彦と道隆の師弟関係として成立したようなもので、一九三二〜三三年（昭和七〜八年）には宇田への何通もの長い手紙で俳句論を展開し、彼の作品に手を入れている。寅彦にとっては俳句の弟子が出現したことで嬉しくて仕方がなかったのだろう。

一九二八年一一月一〇日に昭和天皇の即位の儀礼（御大典）が行われたのだが、社会の動きにあまり関心を持たない寅彦でも御大典には巻き込まれざるを得なかった。一一月八日のベルリンに留学中の円地《えんち》与《よ》四《し》松《まつ》宛の手紙に、「昨今御大典で世上賑わしく、学校は御休みが多くて生徒等大喜びであります。何でも彼でも「御大典」の三文字を冠するが流行、「御大典につき特別大安売り」などという甚だ不敬なる看板を所々見かける。又色々御大典にかこつけた寄附の募集などもあります」と、寅彦には珍しくユーモアを込めてぼやいている。わざわざベルリンの円地宛にこのように書くのは、寅彦が新天皇即位の御大典を目出度く思っているためである。一一月一七日の小宮宛の手紙でも、「御大典も一通りすんだようですが、世間は今年一杯位はしずまりそうもありません。観兵式、観艦式、東京府の祝典等賑やかな事であります」と、御大典に伴った儀式などにも触れて世間が浮き立っていることを述べている。寅彦も何だか嬉し気である。

産児制限、中国・朝鮮問題

変わった話題では、一九二九年（昭和四年）一〇月一三日付の小宮宛の手紙で、三女雪子の数学の勉強を見てやっていることを告げてから、「ヤレヤレ。どうも近頃は子供のない人たちが色々の意味で羨ましいと思う気がする。ウェルズの未来小説中に時々「計画なしにこしらえた子供」という言葉が使ってあるが、現代でも未だ全ての子供がそうであろうと思われる。どうも産児制限ということは避くべからざる未来の道徳かもしれない」と書いているのが目を惹く。子どもに手がかかることが厄介であるとして、子どもの誕生を計画すること（産児制限）について言及しているからだ。当時は避妊についての知識がなく、次々と子どもができて母体が危険に晒されたり、貧困で食糧不足のために嬰児殺しが起こったりした。一九二二年以来マーガレット・サンガーが日本を度々訪れて産児制限を宣伝し、山宣（山本宣治《せんじ》、一九二九年に右翼によって暗殺された）が「産児調節」を唱導したことなども寅彦の耳に入っていたのだろう。産児制限が「避くべからざる未来の道徳」であろうと、その必要性をよく理解していたと思われる。というのも、二人目の妻の寛子が亡くなったのは、産児制限をしないで五人目の子どもを宿していたことが障りとなったことをよく知っているからだ。

もう一つ、ふだん寅彦が論じていない問題として中国・朝鮮問題があるが、一一月二四日の安倍能成宛の手紙に面白いことを書いている。同じ漱石門下の安倍は日本が植民地化した朝鮮の京城《けいじょう》帝国大学（一九二四年に設立された日本で六番目の帝国大学）に一九二六年から教授として赴任しており、中国・朝鮮問題について議論するのに適した相手であったのだろう、割合率直に書いている。

この手紙では、まず、H・G・ウェルズの「世界戦争」において、火星から地球に攻め込んできた怪物たちが地球を征服していくうちに、やがて皆死んでしまうという内容を紹介する。その理由として、怪物たちが地球上の色々な黴菌《ばいきん》に対する免疫性を欠いていたためという設定であることを紹介して、「実際、支那人はどこか黴菌のような処がある。貴説を読んで居るうちに此の感じを深くした。今の処、この黴菌は未だ日本の領土（プロパー）を侵す兆候はないが、これはやはり遠い将来に対しては考えてみるべきではないかと思われる」というふうに中国人を黴菌に喩えている。そして、「日本は朝鮮を手に入れると同時に、朝鮮菌を背負込んで苦しんで居るのだから、万々一日本が支那のポピュレーションの多数を隷属させたが最後、日本は滅亡する事、請合いだという気がする」と、朝鮮を手に入れたことで悪い菌に感染し苦労しているのだから、さらに中国のような人口の多い厄介な菌を持つ国を手に入れるのは考えものだ、といささか侮蔑的な表現で批判する。植民地化した朝鮮、植民地同然に支配したい中国に対して、黴菌を背負い込むのも同然だと困難を指摘しているのだ。

　つまり、黴菌に対する免疫がないために中国の植民地化には成功しないのではないかと心配するのである。「免疫がない」という言葉が厄介な難問を背負い込んで苦しむということを意味し、中国を植民地化して多数の人間を抱え込んでは「日本は滅亡する事、請合いだ」と言うのは蓋《けだ》し慧眼であろう。中国侵略を開始しつつある日本に対して、「遅れた国を占領したって意味がない」「多数の貧しい人間を抱えることになって身動きできなくなる」と批判的な目を持っていたからだ。このように中国（や朝鮮）への蔑視が背景にあるのは確かだが、他国を自由にすることはそもそも無理だとも思っていたのではないか。その意味では、日本の中国侵略の危うさを予見していたとも言える。

風呂屋建設問題

少し滑稽な事件も手紙に残している。一九三〇年（昭和五年）八月四日の小宮宛の手紙で、本郷区長の塩川正蔵《しょうぞう》という男が、自分の住んでいた屋敷に浴場建設の許可を獲得して、その利権をせしめたというのが発端である。曙町の寅彦の自宅前に風呂屋が建つことになったのだ。近隣の人間たちが反対の相談をしたのだが、既に許可が下りてしまっていてどうすることもできない、という状況に追い詰められている。「その相談や運動の為に暑い日を毎日あちこち引き回されだいぶ変わった経験をした。吾らの市長永田秀次郎《ひでじろう》や警視総監丸山（鶴吉《つるきち》）氏をも訪問し、いっぱしの有志家になったのは滑稽であります」と少々自虐的に書いている。自宅前に風呂屋が開業して多くの人が出入りするということになれば、静謐な環境が失われるとの思いから、寅彦も慣れない地域運動に参加したのである。

　しかし、もはや手遅れらしい。というのは、区長の塩川は自分の地所を風呂屋に貸して、自分自身は同じ麹町の他の場所に邸宅を新築しており、その新築を請け負った建築業者が即風呂屋の建築者であるからだ。そのような癒着があるにも拘わらず、区長の塩川は「風呂は公衆衛生のため必要である」と涼しい顔である。甚だ癪に障るが如何ともしようがない。「浴場建築はもう始まった。出来上がったら風呂不入同盟をやろうかという説もあります。僕は、その風呂屋をうちの二階から写生した油画を二科会へ出して、画題を「区長の儲けた風呂屋」としてやろうかと考えている」と、これもユーモアたっぷりの手紙である。そのころには絵を描くのは止めていたのだが、かつて「二階より」と題する風景画を何枚も描いており、風呂屋の大煙突のある風景を描いていたら面白かったのにと思う。いずれにせよ、寅彦は下世話な話題にも乗って行ける人間であったことがわかる。

風呂屋建設問題の後日談が、『柿の種』の「無題（八十八）」に書かれているから、それを紹介しておこう。これも寅彦には珍しく、ユーモアにくるんだ書き方で、「宅《うち》の前に風呂屋が出来て、いろいろな迷惑を感ずることがある。しかし、どんな悪いことにでも何かしら善いことがある」として、風呂屋が建設されて良いこともあったと言う。「第一には、宅へ始めて尋ねて来る人には、この風呂屋の高い煙突を目当てにして来るように教えると分かりが早い」ということだ。風呂屋の煙突が目印になって、訪ねて来る人に対して家の場所を説明するのに都合がよくなったのである。「それから、第二には夜の門前が明るくなって泥坊《どろぼう》の徘徊《はいかい》には不便である」ということもある。風呂屋は夜遅くまで開業しているし、その間は人通りが多く、空き巣狙いの標的から免れるというご利益があったのだ。そして、「第三には、この風呂屋が出来てから門前に近く新たに消火栓が設けられた。尤も、これは近くに高官の邸宅があるおかげかもしれない」とある。風呂屋の建設段階では反対運動をしたのだが、結果的には風呂屋ができたことによって、良いこともあったというわけだ。おそらく寅彦もそんな余得があるとは、思わなかったに違いない。

暗殺流行

政治と軍隊についての寅彦の書簡に戻ろう。寅彦は、世相が暗くなりつつあることを感じ取っていたのだろう、一九三二年（昭和七年）三月二一日の小宮宛の手紙に「暗殺流行は恐ろしい」と書き出した箇所がある。その年の二月から三月にかけて連続テロ事件が発生した。二月九日に井上準之助《じゅんのすけ》、三月五日に団琢磨が暗殺されたのだ（この手紙の後なのだが、五月一五日に犬養毅《いぬかいつよし》が暗殺された五・一五事件がこの年に起こっているから、「暗殺流行」の雰囲気は確かに広がっていたのだと想像できる）。寅彦は、「尤も日本は昔から暗殺国では随一かもしれないという事は、日本歴史を教わる時に誰でも感じる」と言う。飛鳥時代とか戦国時代とか明治維新の前後など、日本では数多くの暗殺事件が起こったことは周知であるからだ。実際、そういう目で見ると、時の権力者が暗殺されて政権が変わったことは何度もあった。

「殊に維新頃の土佐などは随分ひどかったらしい。親類のうちにも暗殺団メンバーがいたらしい」と、出身の高知で起こった維新期の暗殺話を開陳する。「自分の親類」とは、父の弟である宇賀喜久馬《うがきくま》のことと思われる。一九歳の喜久馬が上士に対し一八六一年に刃傷事件を引き起こしたことを思い浮かべていたのだろう。その責で喜久馬は切腹を命じられ、当時二五歳であった兄の利正が介錯した。この事件は利正にとって大きなトラウマとなったらしく、生涯口にしなかった。寅彦はその経緯を母から聞いたようで、漱石にも語ったらしい。

　この手紙の続きで、寅彦はやや理解しがたいことを書きつけている。「暗殺団や三勇士が絶えない内は、日本が安全なのかもしれないという気がする」とあるからだ（ここで「三勇士」というのは、この年の二月に起こった第一次上海事件において、三人の兵士が敵陣に潜入して陣地を爆破したが、自分たちも爆殺された事件で、軍が「爆弾〔肉弾〕三勇士」と命名して英雄化したことで有名となった）。加えて、「陸軍の今度の宣伝は実にうまいと言って感心して居る人が沢山あるようであります」と書いており、寅彦は暗殺や決死隊などの英雄が出る間の日本はまだ安全だと言うのだろうか、と疑問を持ってしまう。私には、寅彦の真意がわからないままである。

　続けて、「今に日米戦争が始まったら、吾々ももはや好きな事ばかりやって居る訳には行かず、殺人器械の研究に没頭しなければならぬ事と思います」と、まず日米で戦争が起こりかねないことを予想しており、そうなれば科学者は自分が好きなことを研究できなくなり、軍事研究に動員されることも予言している。いずれも慧眼で、アジア・太平洋戦争の到来と科学者の軍事動員という近未来の到来を読み切っていたと言えよう。そこで、「いっそ、飛行機の操縦でも稽古して、斎藤実盛《さねもり》気取りで米機と空中組打ちでもやってみようかというような気がする事もある」と、少し茶化して自分の思いを語っている。老齢の斎藤実盛が、恩のある平氏のために白髪を黒く染めて木曽義仲追討戦に出陣して討ち死にしたことに自分をたとえているのだが、実際に自分が戦争で活躍できることはない。それならば軍事研究（「殺人器械の研究」）で、と考えたのだろうか。「こんなふうな気のしている人も、存外少なくないように思われるから不思議であります」と、自分だけの勝手な思いではなく、多くの科学者がそう望んでいるかもしれないと、軍事協力についてのそつのない意見を述べているのである。科学者として、はっきりと自分の意見を表明していないが、軍事協力をはっきり拒否することもしていない。自分の好きなことを研究することと、軍事研究をせざるを得なくなること、そのジレンマを突き詰めていない。やはり富国強兵の時代に生きた寅彦であったのだ。

　ちょっと趣が異なった軍事に関わる社会批判はある。一九三二年八月一三日付の高嶺俊夫宛の手紙に「オリムピックで日本の勝つのはいやではありませんが、新聞の態度は面白くありません。何もかもジャーナリズムの波に押し流される世の中であります」と書いていて、恐らく日本の選手の活躍ばかりを報道するジャーナリズムへの批判を行っている。このようなジャーナリズムの姿勢が大本営発表を疑うことなく垂れ流し続けた原因なのだが、寅彦はそのようなジャーナリズムの動向を既に嗅ぎ当てていた、と言うのは言い過ぎだろうか。

翌年の三三年八月九日の高嶺宛の手紙には、「今明日は防空大演習で飛行機が朝から飛んで来ます。夜は灯火管制とかで電燈をみんな消されてしまうそうでありますが、しかし銀座辺のカフェーの内部は消燈を許さないそうであります、仕方がないから二階へ上がって空中騒音のオブザーベーションでもする事に致します」とある。防空大演習に伴って灯火管制が敷かれたことを述べているが、騒音とともに電灯が使えないことの不便さに対し、一種の諦めを感じている。しかし、銀座のカフェは「消燈を許さない」のはなぜだろうか？（前日八日の坪井忠二宛の手紙に、「昨夜は燈火管制予習、明夜は本物、物騒であります」と書いているように、灯火管制に予習と本番があったらしく、寅彦は不便さを既に前日に味わっていたのであった）

この灯火管制に何らかの不安感を持ったのだろうか、「何かしら事件が突発するのではないかという予感がするのは少生だけではないようであります」と書いているのだが、「何しろXXXXXXXX世の中ですから、存外本物の爆弾が落下するような事も可能であります」と不安の根源部分は伏字となっている。おそらく、戦雲が湧き立って戦争に突入しかねない情勢であることを書いていたのではないだろうか。「本物の爆弾の落下」を考えているとは穏やかではないからである。もっとも、翌一〇日に子どもたちに送った手紙では「昨夜は防空演習第一夜で一寸面白い経験でありました」と、子どもたちには不安を感じさせないよう、明るく装って書いている。

一〇月四日の小宮宛のハガキは、ラジオで月見の放送を聴いていたその最中のことである。「今ちょうど仙台の部で、宮城野でポンポン機関銃がなったり、今休戦喇叭《らっぱ》が鳴り、軍歌が聞こえて居る」と、急に軍事演習の音が混入してきたので、慌ててハガキを書いたらしい。「始めには粋な三味線が聞こえて居たようだったが、さすが非常時だけに軍国的メロディに移行しました。次は姥捨て山だとある」と続けている。月見で三味線、続いて非常時で軍国的メロディ、最後に高齢者の姨捨山という放送プログラムは、平和⇒戦争⇒高齢者の遺棄を象徴しているかのようである。「さすが非常時だけに」と書いているように、寅彦は今非常時であることは自覚していたと思われる。二月にナチスの政権獲得と日本の国際連盟脱退、三月に三陸地方大地震、四月に滝川事件、五月に日本軍の華北侵入、と世の中騒然とする情勢であったためだ。とはいえ、軍国主義化する日本を感じてはいるが、寅彦は書簡や日記にその不安を明確に書いていない。これ以後、日記や書簡において、社会や戦争のことを明確に批判をしないまま死を迎えるに至るのである。

あとがき

寺田寅彦には、プロの寅彦通が何人もいて彼の事績について徹底的に調べ尽くしているし、いろんな分野のプロ級の寅彦連が数多くいてそれぞれの分野について専門の立場から薀蓄を傾けた著作物が多く出され、さまざまな階層にわたる寅彦ファンがわんさといてエッセイ集やアルバムなどを編集している、という具合で私の貧弱な本棚でも三〇冊以上の寅彦の名を冠した本がある。だから、もうこれ以上は書くことがないと思ってしまうのだが、寅彦の師匠に当たる漱石に関する本が今でも新たに出版されているように、まだ書くことが残っているような気もして、彼の全集を繙《ひもと》いたりすることになる。

それだけでなく、気象異変なのか、ここ数年台風や豪雨などの天災が相次いだため、寅彦が防災科学について論じたエッセイ集が再刊され、私も参考にしている。「困ったときの寅彦頼み」でもないが、寅彦が八五年以上前に語った言葉が、未だにあてにされているのである。おそらく、これほどの知恵があり、含蓄に富み、未来を見通し、居住まいを正させる警句を吐いた人間は、寅彦以外にいないためだろう。実際、寅彦は私たちにとって、過去から学ぶべき先人として貴重な導き手であるのは確かと言えよう。

　しかし、そのような正義と正論を吐く先導者の「裃《かみしも》を着た寅彦」ではなく、日常の偏愛や悪癖や思い込みを曝け出し、随筆では書けない本音や呟きを開陳したような、まさに「ふだん着の寅彦」を垣間見る本が書けないかと考えてきた。とはいえ、これまでに出された寅彦に関わるほとんどの本は、いわば「偉大なる寺田寅彦」像であり、「文理融合の先進的な寅彦」であったから、参考にできるものがない。私の構想は消えたかに見えて、諦めていた。

　そんなある日、一九三六年と一九五〇年に発売された寅彦全集の『月報』を一冊に集めた本を入手して、寅彦に関わるさまざまな人の思い出話を読む機会があった。生前の寅彦と深い付き合いがあった人たちの筆だから、どの逸話も秘話あり、独断あり、細かい観察ありで生き生きとして面白く、それこそ「ふだん着の寅彦」の姿が思い浮かぶような文章ばかりである。そこで私はハタと膝を打った。『月報』をはじめとする、寅彦に関わった人たちの回想録や思い出話を再構成して「ふだん着の寅彦」像を編むことができないか、というアイデアである。寅彦自身が書いたものなら、どうしても外向きの正装した人間の姿しか窺い知れないが、友人・知人・弟子・家族の者たちのモノローグであれば、かれらから見た寅彦の実像が語られているはずである。これを材料にすれば、まさにふだん着のままの寅彦像を炙り出すことができるのではないか、と思い至ったのだ。

そこで、そのような目で『月報』（や『思想』の「寺田寅彦追悼号」）等を読み直すと、多くの著者に共通している話題が多く、それらは寅彦の個人的な悪癖や趣味（甘い物とコーヒー好き、タバコ好き）、無意識のままに押し通している自我（癇癪持ち、心配性、ダブルスタンダード）、自ら意識して強情を張っている医学への思い（医者への依存心、それと裏腹な不信感）などである。これらは他人から見たときの寅彦のふだん着姿であり、当然寅彦自身が直接書くことがないだけに、これまであまり取り上げられてこなかった。

これにヒントを得て、「ふだん着の寅彦」の姿をあちこちの角度から眺めて描いたのが本書である。第1章から第4章までは、主として第三者の目で見た寅彦像を各テーマ（甘い物とコーヒー好き、タバコ好き、癇癪持ち、心配性）別にまとめている。寅彦から「一方的に決めつけられるのは不当だ」との抗弁も聞こえてきそうなので、寅彦のエッセイを付け加えて補った部分もある。周囲の人たちの巧まざる挿話から、寅彦の実像を探ってみるのはなかなか面白い作業であった。第5章と第6章では、寅彦の二度目の大病と彼の命を奪った三度目の大病の経過を、彼自身の日記や知人の観察記などを通じてまとめた。医者抜きでは回らなかった寺田一家の状況であった一方、寅彦の医学・医者への不信感は生半可ではなく、それが命取りになったと言えないでもない。なお、彼が命を失うことになった業病の由来は、若いころのX線回折実験の際に浴びたX線による放射線障害ではないかという私の仮説を第6章に付け加えた。荒唐無稽の仮説だが、考えてみる価値はあるのではないかと思う。

　それだけでは、寅彦の本音や本心を探り切れない。そこで第7章に、外的に現れて誰もが認識した寅彦の客観像ではなく、彼が自らの内部に閉じ込めていて、日記にのみ秘かに書いた事柄をまとめた。それも、彼の政治意識や社会観が現れやすい、戦争と関東大震災に話題を絞っている。といっても、寅彦は日記はいずれ誰かに読まれるものと考えていたようで、第三者の眼を意識した慎重な書き方となっていることは否定できない。極めて保守的な態度を貫き、国家の動向に批判的な事柄についてはレトリックを駆使するか、あっさり避けて言及しないという態度である。これも「ふだん着の寅彦」像であることは言うまでもない。

　最後の第8章は、寅彦が社会批評を行っている書簡を抜粋した。少々驚いたのは、日記よりも書簡の方が、より正直に自分の心の内を披瀝していることである。特に盟友とも呼ぶべき小宮豊隆に宛てての書簡には単刀直入の表現も多く、寅彦は社会に対する不満を数多く持っていたが、自己抑制していたらしいことがよくわかる。むろん明治人だから、天皇崇拝や家父長制や女性差別に関しては何らの疑いも持たなかったし、生粋の愛国者であり、ナショナリストであったことも確かである。彼がリベラリストであったのは科学や防災に関わる分野であって、それで寅彦のすべてだと思ってはならないことがよくわかった。「ふだん着の寅彦」像を知るためには、そのことも心得ておいてしかるべきだろう。

本書を手にして、私が寅彦への悪口を書いたと誤解してはならない。人間はさまざまな側面を持っており、寺田寅彦にも欠点や限界があり、悪癖を止められずにいたことも知った上で、彼が残した仕事を概観すればまた違った景色が見えてくるのではないだろうか。褒め上げるばかりが寺田寅彦を評価することではない。人間的な弱点、時代が課した制約、自分の好悪に左右された側面も含めて批判的に見、その上で全体像を把握することこそが寺田寅彦を真に理解することに繋がるのである。「寺田寅彦は謹厳実直で文理融合の偉大な先覚者とばかり思っていたが、こんなに多様な顔があったのか、見直した」と思ってくだされば、本書を書いた甲斐があったというものである。

本書の原稿整理のために大いに力添えをしてくださった平凡社編集部の岸本洋和氏に感謝の意を表したい。

◉参考にした文献

『寺田寅彦全集』全三十巻、岩波書店、第Ⅰ期一九九六年、第Ⅱ期一九九七年（『全集』と引用）。

『柿の種』寺田寅彦著、岩波文庫、一九九六年。

『寺田寅彦郷土随筆集』高知市教育委員会編集・発行、高知市教育委員会、一九七八年。

『寺田寅彦画集』中央公論美術出版、一九八五年。

『思想　寺田寅彦追悼号』岩波書店、一九三六年（『思想』と引用）。

『回想の寺田寅彦』小林勇編、岩波書店、一九三七年（『回想』と引用）。

『寺田寅彦全集　月報』昭和十一年版、昭和二十五年版、岩波書店、一九八五年（『月報』と引用）。

『寺田寅彦』矢島祐利著、岩波書店、一九四九年。

『寺田寅彦　その世界と人間像』太田文平著、都市出版社、一九七一年。

『科学者　寺田寅彦』宇田道隆編著、ＮＨＫブックス、一九七五年。

『寺田寅彦覚書』山田一郎著、岩波書店、一九八一年。

『父・寺田寅彦』寺田東一他著、太田文平編、くもん出版、一九九二年。

『寺田寅彦断章』上田壽著、高知新聞社、一九九四年。

『寺田寅彦の生涯』小林惟司著、東京図書、一九九五年。

『寺田寅彦　人と芸術』太田文平著、麗澤大学出版会、二〇〇二年。

『寺田寅彦の地球観　忘れてはならない科学者』鈴木堯士著、高知新聞社、二〇〇三年。

『寺田寅彦　妻たちの歳月』山田一郎著、岩波書店、二〇〇六年。

『寺田寅彦　バイオリンを弾く物理学者』末延芳晴著、平凡社、二〇〇九年。

『寺田寅彦　漱石、レイリー卿と和魂洋才の物理学』小山慶太著、中公新書、二〇一二年。

『寺田寅彦語録』堀切直人著、論創社、二〇一二年。

『寺田寅彦　わが師の追想』中谷宇吉郎著、講談社学術文庫、二〇一四年。

『科学と科学者のはなし　寺田寅彦エッセイ集』池内了編、岩波少年文庫、二〇〇〇年。

『寺田寅彦と現代　等身大の科学をもとめて』池内了著、みすず書房、二〇〇五年。

『寅彦と冬彦　私のなかの寺田寅彦』池内了編、岩波書店、二〇〇六年。

『寺田寅彦　懐手して宇宙見物』池内了編、みすず書房、二〇〇六年。

『KAWADE道の手帖　寺田寅彦　いまを照らす科学者のことば』池内了責任編集、河出書房新社、二〇一一年。

池内 了（いけうち・さとる）
宇宙物理学者。一九四四年兵庫県生まれ。京都大学理学部卒。同大学院理学研究科博士課程修了。理学博士。専門は宇宙論、科学技術社会論。京都大学助手を皮切りに、北海道大学助教授、東京大学助教授、国立天文台教授、大阪大学教授、名古屋大学教授、総合研究大学院大学教授などを歴任。名古屋大学・総合研究大学院大学名誉教授。『お父さんが話してくれた宇宙の歴史』で産経児童出版文化賞JR賞・日本科学読物賞、『科学の考え方・学び方』で講談社出版文化賞科学出版賞、『科学者は、なぜ軍事研究に手を染めてはいけないか』で毎日出版文化賞特別賞を受賞。『物理学と神』『寺田寅彦と現代』『科学・技術と現代社会』『科学者と戦争』『司馬江漢』『なぜ科学を学ぶのか』など著書多数。世界平和アピール七人委員会委員、軍学共同反対連絡会共同代表。

ふだん着《ぎ》の寺《てら》田《だ》寅《とら》彦《ひこ》

発行日　二〇二〇年五月二〇日　初版第一刷
著者　池内 了
発行者　下中美都
発行所　株式会社平凡社
〒一〇一-〇〇五一　東京都千代田区神田神保町三-二九
電話　（〇三）三二三〇-六五八〇［編集］
（〇三）三二三〇-六五七三［営業］
振替　〇〇一八〇-〇-二九六三九
印刷・製本　シナノ書籍印刷株式会社

ISBN 978-4-582-83841-1
NDC 分類番号 420.28　四六判（19.2cm）　総ページ 288
平凡社ホームページ　https://www.heibonsha.co.jp/
落丁・乱丁本のお取り替えは小社読者サービス係まで直接お送りください
（送料は小社で負担いたします）。